蓬山行

周澍熹

著

江苏凤凰文艺出版社
JIANGSU PHOENIX LITERATURE AND
ART PUBLISHING

图书在版编目（CIP）数据

蓬山行／周澍熹著. —南京：江苏凤凰文艺出版
社，2022.8
ISBN 978-7-5594-6866-6

Ⅰ.①蓬… Ⅱ.①周… Ⅲ.①长篇小说-中国-当代
Ⅳ.①I247.5

中国版本图书馆 CIP 数据核字（2022）第 088489 号

蓬山行

周澍熹 著

出 版 人　张在健
责任编辑　李珊珊
责任印制　刘　巍
出版发行　江苏凤凰文艺出版社
　　　　　南京市中央路 165 号，邮编：210009
网　　址　http://www.jswenyi.com
印　　刷　苏州彩易达包装制品有限公司
开　　本　880 毫米×1230 毫米　1/32
印　　张　8.875
字　　数　230 千字
版　　次　2022 年 8 月第 1 版
印　　次　2022 年 8 月第 1 次印刷
书　　号　ISBN 978-7-5594-6866-6
定　　价　53.00 元

自 序

　　《蓬山行》是我写的第一本书。它起笔于我 19 岁的 11 月，完成于我 21 岁的 12 月。一切都起源于 2019 年的冬季对美的念想与思索。那天，紫金山山色浓郁，天空广阔无垠，虽然是冬季，却依旧有鸟儿盘旋而过。我想，那样的景色无疑是一种美，紫金山会一直矗立，天空会一直笼罩，但是春去秋来，物转星移，鸟儿会飞走，来年来的也不是旧日的飞鸟。

　　怀着这样一种心情，我提笔写了《蓬山行》第一章，这是一个关于美与永恒的故事。这个故事起源于四千年前虚构的金乌国，每十年就会为了太阳神羲和有一次祭祀，而作为奴隶的人们就会成为祭品。在某一年，祭品芊眠的弟弟逐月在祭典上救走了芊眠，而见习祭司朝玄也因此受了误会，只能与逐月一起逃亡。在逃亡的路途中，他们一起假名进入青云殿学习。他们在昔日的敌对关系中渐渐发现了彼此的映照。可最终逐月因为一次酒后失言，暴露了身份，他们只能继续逃亡到了名为

"蓬山"的远房小姨家。可茅草屋搭成的"蓬山"终究逃不过追兵，芊眠最终被献祭，而逐月的灵魂则被诅咒进入万魔窟。在这之后，朝玄时常去埋葬逐月的地方念咒帮他脱离万魔窟。几年后，又一次祭典开始了，朝玄不愿再有祭祀，于是在祭典上刺杀了国王后自尽。朝玄本应该因为刺杀国王而落入地府，却被在万魔窟中浴火重生的逐月所救，不顾掌管生死轮回的神流昭的反对，冲撞轮回道去了人间。朝玄和逐月是身份与地位的两极，但在这部小说中都是一种美的象征。

朝玄美于他的纯美与内敛，逐月则美于他的果敢与赤诚，而金乌的祭祀法则象征着人们共同创造的固有的思想囚笼。这部小说探讨的并不是美与丑的对比，而是美与美的碰撞。在命运之下，美与美相遇之时，除了平和，也许还有敌对与碰撞。常有哲人认为美的事物昙花一现，但我认为昙花一现的背后更是永不消亡，所以有了一千年后的第二世。在第二世，原本的金乌国成了碧华国的一个小城，朝玄转生为江予春出生在桥头村，流昭在他的出生宴上让他远离朝廷，方得平安，而逐月则带着万魔窟的三千恶灵成为了碧华国国主百里春宵。百里春宵虽然成了国主，却依然时常感受到万魔窟中的黑暗，以及有个不知晓姓名的人在月光下为他念咒脱离万魔窟。百里春宵上任后因为三千恶灵的影响，终日放歌纵酒，滥杀无辜，导致碧华国发生了饥荒。江予春为了碧华，进入了行侠仗义的门派蓬山门。最终，江予春向放歌纵酒的百里春宵进谏，百里春宵一怒之下杀死江予春，古老的记忆却在这一刻袭来。三千恶灵在那天的晚上离开了春宵，三年后，碧华国恢复强盛。而芊眠则不入轮回，化名音离在旸谷浴火重生，成为了下一任太阳神。

金乌与朝云的征战中海盎和离桢的故事灵感来源于《伊利

亚特》。那是在学校的一节文学课上，老师讲了《伊利亚特》的故事，讲到因为命运的捉弄，两个城邦的人们开始征战，最后阿喀琉斯获胜，赫克托耳被他所杀。这个故事被人们传颂了多年，人们感叹于阿喀琉斯的战无不胜，感叹于赫克托耳的正直与高尚，哀叹于命运的无情捉弄。我被诗中的宿命感与英雄主义所打动，可是，我觉得，英雄的结局不该是那样的，我想改变这样的结局。虽然显得幼稚，但我接受不了阿喀琉斯胜利，而赫克托耳牺牲后被拖三圈的结局，接受不了阿喀琉斯被雅典娜所杀后成为冥府首领，而赫克托耳没有下文的结局。可是改了结局的《伊利亚特》不是《伊利亚特》，悲剧赋予了《伊利亚特》意义。

于是，我开始想象在一个东方的语境里，同样发生这样一件事，也是两个国家征战，两个国家的英雄互相争斗，同样被命运所捉弄。这样的故事注定了悲伤，但是我不想再让这个故事成为悲剧。在书中，金乌和朝云为了各自的神在碧云台互相征战，最终金乌国将军离桢获胜，朝云国将军海盏被杀，离桢下令把海盏扔进恶神璧海所在的青枫林，让他永生永世受诅咒。可是璧海却偏偏被打动，复活了他，让他永远活着。海盏知晓了朝云国的神云意不存在，而离桢最终也得知了羲和的虚无后自尽。离桢被罚入地府一千年，海盏为了与他决斗为朝云将士们报仇也等了一千年。那时候金乌变成了碧华国的小城仙都的一部分，离桢投生为萧禹遥，出生在碧罗村。海盏告诉他，在他弱冠之年会有一场决斗，如果他赢了，他可以活下去。后来碧华国大乱，萧禹遥四处行侠仗义时救了一个落水的孩子，岸上的老人为了感谢送了他一个吊坠，戴上后仇家会认不出来。四年后，萧禹遥进入蓬山门，遇到了化名为许思朝的海盏。因为吊坠的缘故，他们没有认出对方是仇敌，而是在蓬山门成为了朋友。最终江予春进谏，萧禹遥在追回江予春的路上被杀，吊坠破碎。死前他想起了许思朝是海盗，让他杀死自己，可许思朝只是落泪。

写这个故事的时候，我想用一种美的语言和严肃的语境去讲一个具有现代意识的故事。这是一个关于美和命运的故事，而美时常脆弱，转瞬即逝，但美永远不会消逝。我想歌颂美在命运前的斗争、凋落时的哀伤以及历尽多年后再生时的重生之美。而另一主题"命运"是一个被人们探讨了几千年的话题，可"命运"存在与否尚有争议。我相信人们会被很多必然发生的事情所限制，而无法躲避的则被称为"命运"。书中的每个人物都被"命运"所限制，但我敬仰人们在命运前的抗争。

这是我的第一本书，还有很多有待改进之处，希望读者能多多包涵，指出不足之处。

周澍熹
二〇二二年夏于南京

目 录
CONTENTS

第 一 章　金乌　　001

第 二 章　祭祀　　008

第 三 章　青枫　　014

第 四 章　追月　　017

第 五 章　荒都　　028

第 六 章　青云　　036

第 七 章　昭世　　040

第 八 章　碧云　　044

第 九 章　凯旋　　051

第 十 章　复生　　056

第十一章　夜游　　062

第十二章　山兽　　071

第十三章　藏月　　085

第十四章　夜闯　　092

第十五章　梦醒　　095

第十六章　前尘　　106

第十七章　干戈　　116

第十八章　水镜　　121

第十九章　知玄　　127

第二十章　沉雾　　132

第二十一章　归家　　139

第二十二章　故乡　　144

第二十三章　东街　　149

第二十四章　坠日　　153

第二十五章　不速　　156

第二十六章　荒丘　　161

第二十七章	金焰	165
第二十八章	境迁	170
第二十九章	轮回	173
第 三 十 章	碧华	177
第三十一章	予春	182
第三十二章	再遇	187
第三十三章	春宵	195
第三十四章	夜梦	203
第三十五章	虞渊	210
第三十六章	化雪	215
第三十七章	朝宴	221
第三十八章	紫衣	227
第三十九章	巫祝	234
第 四 十 章	芊眠	237
第四十一章	西风	240
第四十二章	旸谷	244
第四十三章	夜明	247
第四十四章	浴火	250
第四十五章	下山	253
第四十六章	水月	256
第四十七章	瑶台	261
第四十八章	春山	267
第四十九章	蓬山	270

第一章　金乌

1

四千年前的金乌国。

那日是盈日时节，也是整个国家十年一度的最大祭祀。城墙上站着的是一排排严阵以待的卫兵。他们庄严肃穆地注视着前方，注视着可能发生却并未发生的危险。宝座上坐着国王嚣尘，他在高高的宝座上俯视着金乌的一切。所有的国民都围在城墙边的祭坛旁，金乌的人并不多，全部聚集起来也不过万人。他们三五成群地聚拢着，但每个小小的聚集却不尽相同。哥哥和弟弟追逐打闹，母亲教导着几个幼小的孩子，姐姐和几个妹妹在地上画画，年老的人们在一起谈论着旧日的时光……祭司朝玄在祭坛旁高耸的空地上看着他们，他把目光投向每个人，却觉得格外生疏，连一丝熟悉的气息都不存在。他观看整个盛况，却觉得平和欢乐的人们瞬间变成了波涛汹涌的激流。朝玄已长成一个青年，褪去了旧日的青涩与年少的热情，显得沉静又成熟。他的目光平静如池水一般，但池水深处却充满了忧郁。

祭坛下的鼓手敲了三下鼓，乐师敲了三下钟，盛大的祭祀正式开始了。刚刚还吵闹着的人们突然站得笔挺，鸦雀无声，只见一队队仆人举着巨大的盘子，里面盛着硕大的果子、丰满的稻穗、烹熟的牛羊。他们把祭品抬上祭坛后匆匆离去，最后一队抬上来的是一个被紧紧捆住的少年，他也是今天的祭品。按照程序，朝玄朝向祭坛半跪下来，念着已熟记于心的咒语。人们跪下，准备迎接太阳神。

"其实你从未听到太阳神的回应吧。"朝玄突然听到似乎是从内心发出的一个从未如此明晰的声音。

的确，朝玄家族世世代代都在做着祭司，可他却从未感受过太阳神的存在，祭坛上太阳神的几次回应都是他现编的。太阳神若是存在，或许也不知道他的存在，可祭司的职位及全民的朝拜又让他觉得自己离太阳神很近很近。

念完咒语后，他慢慢起身，对祭坛下的人们说："太阳神已赐福于金乌，金乌国泰民安。"

"太阳神万岁万万岁！"祭坛之下响起此起彼伏的声音。

国王靠在王座上，昂着头微微一笑，这就意味着这位矜贵的国王表示满意。

接着上场的是舞团，他们穿着火红的衣服，在阳光之下翩然起舞。朝玄对这支舞早已厌倦，他把目光投向那个被紧紧捆绑的少年，在目光交错的时候，他想起了那个十年前的逐月，那个少年与他地位悬殊，想法也相去甚远，但他一直以来都难以忘却。

他永远记得那天在祭祀的前一秒钟，他越过了如海潮一般涌来的悔意与无奈，用微弱的声音与逐月做了最后的告别。

可是他没有等到回答。

接着逐月在祭坛上失去生命，祭司正是朝玄的父亲。

2

朝玄家族世世代代都作为祭司履行祭祀义务。在他还年幼的时候他就记得他的父亲经常拿着一本破旧的褪了色的书念念有词。他和父亲不常见面，就算偶尔看到父亲，父亲也都是在念着书上的内容，不曾认真地看向他。他曾问过父亲这本书上写的是什么，父亲匆匆瞥了他一眼，扔下一句话："为了太阳神羲和。"他当时依然不解，但命运终会解开谜底，只是解开了谜底或许是疼痛的开始。

他14岁那年，父亲把他叫到祭坛之下，第一次直视他，用庄严肃穆的语调说："朝玄，你大了，该承担起辅佐君王朝拜太阳神的责任了。"

"是，父亲。"这句话对于朝玄来说就是脱口而出，虽然他不常见到父亲，但是一切的一切都告诉他要对父亲完全服从。

"我们家族世世代代祭祀，为的就是辅佐君王，朝拜太阳神。"父亲极为罕见地注视着他说话。

"是，父亲。我该怎么做？"

"从今天开始，你跟老师学习祭祀，这是人生大事，怠慢不得。"父亲说。祭坛后走出了一位身着浅棕色衣袍的长者，他紧锁着眉头，却不像在思考。

"老师好。"朝玄微微低头，沉下声音说，似乎在一瞬间，他脱去了这个年龄应有的稚气。

"是朝玄吧。"从这位长者的语调中，朝玄听出他似乎对自己表现出的成熟很满意。

"是的，老师。"朝玄看着这位长者，隐隐地觉得这是疼痛的开始，但他依然笑着，就像秋天落地的苹果一般。

"真是个好苗子。"长者微微一笑，转身示意他跟上。他快步跟上长者。长者穿过一条巷子，在一栋低矮的房屋前停下，这就是上课的地方。

"以后你就在这里上课，我是你的老师璀然。"长者以不容置疑的语气说道，接着推开了门。

朝玄跟着璀然走了进去，他看到墙壁上满是太阳神的画像。从古至今，人们都在虔诚地描摹着自己心目中的神，但这种虔诚此时却像从四面八方渐渐收紧的枷锁。这是囚禁的开始，他从一开始就知道；这是他的命运，从他出生就已经注定。

璀然突然转过身来，对着他说："朝玄，在这里起誓。"

"不！"朝玄想到了注定的无法逃离的囚禁，第一次狂热地嘶吼道。

"很遗憾，这由不得你。"璀然换了一副凌厉不可战胜的神情对朝玄说。

"为什么？"朝玄感到早已注定的未来如同崩塌的山脉一样向自己的方向倒下。

"你知道背叛的祭司都是什么下场吗？"璀然像凝固了一般看着朝玄。

"什么下场？"朝玄那时还是过于天真，不知道这一切背后的残酷。

璀然没有说话，只是伴随着冷酷的目光，猛然拔出了在昏暗屋子里闪着寒光的剑，架在了朝玄的脖子上。

"老师，你忍心杀了我吗？"朝玄感到眼前的一切比任何时候都更加不真实。

也许是朝玄眼里不谙世事的泪光触动了璀然，他缓缓地放下了剑，遗憾地说："不愿成为祭司的人难逃一死。我放过了你，陛下也不会放过你。"

朝玄久久没有回应，虽说金乌国的人们对国王嚣尘都无比崇敬，但也知道不能惹怒国王的道理，何况这位君王向来暴虐成性。

在他面前的，只有永远被禁锢地活着和在最美的年华逝去两条道路。出于对死亡的未知的恐惧，他选择了前者。

"发誓吧，我说一句，你说一句。"璀然恢复了开始的严肃和刻板。

朝玄先半跪下来，璀然开始念发誓词："至高无上的太阳神，我将匍匐于您，对您顶礼膜拜。"

朝玄把璀然念的誓词尽量虔诚地念了一遍，但他对于这些誓词厌恶大过虔诚，虔诚只是他不得不做出的表象。

"我将献上我的一切，金乌的万物和我纯真的心灵。"

朝玄依然重复了这句誓词，并以淡忘一切来抗争强加于他的命运。虽然这无济于事，该到来的命运依然会到来。

"我的灵魂永远归属于你，今生来世，永生永世。"璀然说完，在地上重重地磕了一个头。

朝玄觉得璀然磕头的时候，地都在震颤。最后这一句话，他也说不出来了。他感觉身后似乎有个巨大的黑暗的漩涡，只要他开口说了最后一句誓词，就会坠入漩涡之中，再也见不到光。

"你怎么不说了？"璀然发现了朝玄的异常，"我知道你不愿意，可是陛下不会放过你。那比什么都可怕。"

"比什么都可怕是有多可怕？"

"想象你连灵魂都被撕裂的样子。"

璀然此时的神情平和宁静，却暗藏着阴郁，如同拨开翠绿的草地，却在地下发现了不可告人的勾当。朝玄觉得自己只能臣服于此，他人、金乌、命运把他推向这里。

"我的灵魂永远归属于你，今生来世，永生永世。"朝玄还是念出了最后的誓词。

"这就对了，作为祭司，要承担起太阳神给予你的使命。历史上不愿承担的祭司，灵魂都被撕成了碎片。"

"灵魂是怎么被撕成碎片的？"

"前任祭司会杀掉他们，再让他们的灵魂坠入万魔窟，之后就会被里面的魔撕碎灵魂。"

"前任祭司不都是他们的父亲吗？"

"太阳神面前，没有父子。"璀然的回应简短有力，却在朝玄的心里重重地一击。

3

后来的日子总是大同小异。朝玄每日到那座低矮的房屋去听璀然讲课，讲传说中的太阳神，讲历代祭司，讲历代君王的贤明事迹，讲祭司需要做的事以及祭司职业的神圣性。在璀然严厉刻板充满了胁迫的教导声中，或许是因为年少，或许是真正被说服了，朝玄似乎接受了作为祭司的任务，而忠诚于君主和太阳神是他的神圣使命，违抗使命就罪该万死。他记录并牢记了璀然所讲述的一切，并为之奋斗不止。但璀然终归是冰冷的，不论他是否承认或者意识到，朝玄在他这里只是一个供奉太阳神的工具，他在心里并不在意朝玄。朝玄或许早已感受到这种漠然，在密不透风的低矮房屋里，他总是感觉时不时有阵寒风从背后呼啸而过。

"太阳神羲和对金乌意味着什么？"

"至高无上的圣洁守护神。"

"上上代祭司有哪些壮举？"

"扩建祭坛，增加仪式礼节，改跪拜为磕头。"

"你忘了最重要的一点。"

"在祭坛上自我献祭。"

"然后呢？"

"他以自身献给太阳神。"

"祭司生当如此。"

"是，老师。"

"明天你就要作为见习祭司参加祭祀了。"

"是的，老师。"

"回去的时候一定不要看月亮，永远背着它走。"

"好的，老师。"

"知道为什么吧？"

"月是日的相反面。"

"走到前面那片森林，烧掉那面花墙，这是祭祀前夜的仪式。"璀然说着，递给了他一把燃烧着的枯枝。

朝玄推开门，背对着月亮，却依然被它黯淡的光辉笼罩。眼前的一切沉浸在灰蓝色的晦暗之中，这样的明暗，对朝玄来说就是凛冽的寒风。等进入了森林，则是完完全全的黑暗，黑暗对光驱逐的彻底，让他放弃了种种担忧。漫长的黑暗后突然射出了一道灰蓝的光，光洒落的地方就是花墙了。朝玄第一次认真打量着花墙，发现了它浓密的向上延展的枝叶，在黯淡的月光下也翠绿的枝条，枝叶间盛开着碧蓝的闪着光的花朵。朝玄突然感觉这不仅仅是一面花墙，它以它的盛开的生命对抗着夜的无垠。他看了一眼手里的柴火，在干瘪粗糙的棕灰色枝条上燃烧着激烈的火焰。一想到马上就要用枯枝败叶去烧毁盛开着的花墙，他不由自主地往后退了几步，险些看到璀然不让他看到的月亮。他凝视着花墙，然后踩灭了火焰，绕开花墙离去。

"真是可笑。"朝玄听到一个冷清得似乎来自世界边界的声音对自己说，他看了看周围，但又碍于璀然的教导，他始终没有望向后面，而是加快脚步，离开花墙。

"盛开的花墙不能被枯枝败叶毁灭。"离开花墙很远一段距离后，他默默对自己说。

第二章　祭祀

1

朝玄在凌晨太阳还未升起时就醒来了。并非是因为对于祭祀的狂热，对太阳神的忠诚，而是花墙前听到的那个声音里对自己突如其来的嘲笑，让他觉得不可置信，但那个声音又真切地存在着，这仿佛是规则之外的人对他的嘲讽，对他这个似乎即将成为规则内的赢家的祭司的嘲讽。但不论是因为什么，他再也无法入睡了。他看到了窗外天空的星群，在黑夜之中，它们微弱的光芒则是耀眼的明灯。只是在几个时辰后，它们会被潮水般的黎明淹没。

然而这几个时辰慢得如同世纪一般，他在他人睡梦中度过了他的几个孤寂的被隔离的人生。

"真是可笑。"那个声音如同坠入了山谷，一遍遍重复着它的回声。

朝玄突然觉得自己醒了，醒得彻彻底底，他感觉自己身处既定的充满规则的命运中，但他永远无法逃离。随着那个声音的一遍遍重复，他觉得自己清醒得可怕。在注定的无尽轮回中的清醒，残酷而可怕。

他选择了沉沉睡去，只有虚无缥缈的梦境才能稀释那个不断追问的声音。

"真是可笑。"他进入梦乡时，这片乌有乡就给了他这样一句致辞以示欢迎。这次他看清了那个人，他穿着平民的紫色粗布衣服，看起来和他年龄相仿，朝玄突然觉得他虚幻缥缈，只不过是那天晚上他的幻听。可当他回过头的那一刻，朝玄却觉得他真切地存在着，具有旺盛生命力地存在着。他的眼神冷清，高耸的鼻梁和下压的眉毛加重了他的凌厉。但目光深处藏着的，却是追寻。虽然此时此刻在梦里，但这是个真正存在的人。

2

太阳的升起依然没有驱散那句话，朝玄暂时忘却了见习祭祀的事，只觉得那句话更加响亮了。

"那是假的，不会有人不尊敬与太阳神沟通的祭司。"他这样安慰自己，可梦中那个人似乎在庄严地宣告自己的存在。

朝玄不得不接受这样真挚热烈的存在，但这样的存在，让他看清了自己的牢笼。

"朝玄——"门外传来璀然严肃而苍老的声音。他这才想起祭祀的事情。

朝玄打开了门。璀然看了眼朝玄，眼里满是自豪。

"今天是个开始。"璀然带着一贯的严厉与不可违抗说。

"嗯。"朝玄有些走神。

"希望是个好的开始。"璀然似乎看出了朝玄的走神。

"嗯。"

璀然带领着朝玄穿过层层叠叠的低矮的房屋，来到了祭坛。那是一个古老的、有些破旧的、砖石堆砌成的四方形祭坛，四周都有通向祭坛的阶梯。祭坛旁有一个高台，与祭坛平齐，祭司就在那里祭祀，平时那里站着的是他极少见面的父亲，而今天，那里要站着他。

"上去吧，祝你好运。"璀然祝福道。

朝玄走上了那个平台，大半个金乌一览无遗。祭祀虽然还未开始，但祭坛旁已聚集着大批民众，他们三五成群，在说笑中对即将到来的祭祀真诚地期盼着。

祭坛对面坐着国王嚣尘。他顶着王冠，穿着酒色的华服，坐在金色的王座上，即便是人间权力至高无上的国王也要参与对太阳神羲和的朝拜。人与神的交流总是需要人严肃的敬拜，可朝玄却从嚣尘的眼里看到了睥睨众生，这是无论如何都与"敬拜"相去甚远的。

祭坛下的鼓手敲了三下鼓，乐师敲了三下钟。前来敬拜的人们在这时候齐齐下跪，高呼太阳神万岁，祭司千岁，本应不尽相同的人们在这时表现完全相同。朝玄突然觉得一股暖流在祭坛边迅速扩散开来，源头则是在敬拜中的人们。他那时并不懂它温暖背后的寒意，直到许多年后，他才知道这种暖流代表着"人间"。对面的国王高昂起头，朝玄甚至不知道自己是在心里和太阳神对话，还是在睥睨祭坛下聚拢的人们。他再次看了看祭坛下的人们，才确信国王嚣尘绝不会睥睨众生，而是爱民如子，而那个声音，纯粹是疲倦时的幻听。

前来献祭的队伍分成几个小队。他们抬着整个金乌的收成，一步一步恭敬地走上祭坛。花束、蜜饯、瓜果、牛羊，最后一个被抬上祭坛的是一个被紧紧捆绑着的少女，她是今天的祭品。

按照礼节，朝玄朝着祭坛半跪下来，念起璀然总是重复的咒语。他至今也不能明白咒语的意思，只是知道这些咒语表达了对太阳神的崇敬和对金乌的祝福。念完咒语，他起身面对群众，说："太阳神已赐福于金乌，金乌将国泰民安。"

他什么也没有听到。他说出那番话只是因为他的父亲祭祀时那样说，爷爷那样说，祖祖辈辈的祭司都那样说。但是当他看见祭坛边人们高呼万岁，国王在此刻正襟危坐，而获得赐福的喜悦真真切切地存在的时候，他已经不知道什么是真实，什么是虚幻了。在这时候，真实和虚幻是倒错的；或者说，在任何时候，人都不可能知道全部的真相。

祭祀的下一步，就是用那个少女为太阳神献祭。一旁的宫仆递上一把长剑，长剑如同天上的太阳一般，闪着金色的光芒。朝玄向那个少女走去。少女却目光凌厉，似乎并不害怕接下来要发生的一切。可朝玄从不考虑这些，甚至不去看她一眼，剑毫不犹豫地落下。朝玄并不认为这是罪恶，而是极大的善行。太阳神就是万有之神，就是准则，让太阳神得到祭品，只是理所当然的归还。况且这些祭品都是被国王定罪的人，国王又是太阳神在人间的代表，这一切就更加理所当然了。可是剑落到那个少女脖子上时，朝玄突然想起了昨天夜里看到的花墙。这时，他感到一股强大的突如其来的力量，然后猛然坠地。等他爬起时，那个少女已经不在推车上，而是被一个蒙着脸的少年救走。

"追！"一旁的护卫队长离桢拔出长剑呼喊，一队队士兵向着少年冲去。朝玄只能看到少年的眼睛，凌厉而坚定，就是他梦中的模样。他这才确定那天花墙前听到的讪笑、梦中的少年，都是真实存在的。

然而少年很快就无影无踪，一切又像回到世界伊始那样虚空。

3

目睹这场祭坛上的意外的，除了金乌的人们，还有前来观望的璧海。他全程没有下跪，站得笔挺地看着这场笼罩在虔诚气氛中的祭祀。国王嚣尘在众人中看到了他，于是祭祀刚被迫中止，折返回来的护卫队就冲去捉住了璧海。而璧海也未反抗，似乎是存心让他们抓住。

"大胆刁民，为何在太阳神及国王面前如此嚣张，还不跪下赎罪！"护卫队长离桢率先发怒了。

璧海瞥了他一眼，似乎并没放在心上。他的眼里总有一种超然的冷酷，绝情但又带着几分清澈，正是这种神情，总是让人感觉他不属于人间。

"不，我不想。"璧海抬眼看了一眼怒火中烧的护卫队和百姓。

嚣尘睥睨着璧海，整个金乌从未有人这样挑战过他的权威。与国王朝夕相处的离桢看出了国王心中的怒火，上前按住璧海想让他跪下。

"如果我说起某个传说，你们都会害怕的。"璧海此时看上去是那样奇异，毫不留情的凌厉似乎是一把刀刃插进他柔软的清秀中，而这两者早已完美地融合。

"大胆刁民！"离桢猛然拔出剑。国王的愤怒即是他的愤怒，他的愤怒大过国王的愤怒。

"你听过青枫林吧，就在金乌的东边，里面有个屋子，凡是擅自闯入的人都会受到生生世世的诅咒。"璧海的平静中带着似乎是俯瞰全局的嘲笑。

"一介草民说什么瞎话！"这位护卫队长被彻底激怒了，手里的剑立马落在璧海的脖子上。

然而璧海毫发无损。他的眼神还是充满着清澈的傲慢和毫无阴谋的权威。他一把抓起离桢，对着国王说："你应该听过璧海这个名字吧。"

嚣尘突然理解了眼前不可思议的一切——眼前傲慢的草民是从传说中走出的令人闻风丧胆的璧海，他绝不能继续行使作为国王的权力了，因为眼前是神界暴戾冷酷的神。

"我得走了，你的臣子我带走了。"也许是不想让这位连面对太阳神都没有下跪的国王低头，璧海决心离开这里。

还没等人们做出回应，璧海就抓着离桢消失了，就像从未出现过一般。

第三章　青枫

1

　　璧海是青枫林里的神。金乌的人们所说的"他的屋子"是一间有几百年历史的古屋，现在已经废弃。相传进入这间屋子就能进入璧海所在的国家青枫国。古屋虽是青枫国的入口，但古朴简单。屋顶原来是一层密密麻麻的青瓦，因为时间久远，早已有些稀疏破旧。墙壁则是斑驳的深红色，但依然庄严肃穆，毫无人为的划痕及涂写。棕红的窗木早已掉了漆，变得灰白，但无论怎样被岁月侵蚀，都不会让人们在心底里忘记：这是一个危险之地。

　　屋子里面的景象更加鲜为人知，就算贸然闯入，也会被吓得忘记留意周围的一切。只听说里面空荡荡的，满是灰尘，墙角里只摆着一些杂物。其他的事物，人们一无所知。

　　进入这里的人是会被诅咒的，这一点确信无疑。当有人闯入这里时，璧海和他的侍从们就会出现在眼前。然后等待他的就是诅咒。

这里，对金乌国来说，虽没有迫在眉睫的危险，却一直在他们的脑海中挥之不去。

2

下面来讲讲闯入过这里的人。

出于恐惧心理，来过这里的人并不多，但在几百年的时光里，来过的人累计起来也有一些。这不用赘述，因为他们到了这里后的经历都是极其相似的。概括来说，是这样的一个故事：

有人在无意中闯入了这个屋子，接着璧海和他的侍从们就出现了。璧海穿着淡绿的古装。他的眼神冷峻无情，但又带着清澈和并不阴险的权威感。他带着一把有着水绿色玉质剑柄的佩剑，上面是祥云雕花。

而在他出现的那一刻，甚至之前，闯入者就应该跪下。求饶是无用的，但是不求饶，也许情况会更加危急，所以几乎每一个闯入这里的人都会下跪求饶。

"无礼愚昧的人类，你将为你闯入你的禁地付出代价。你会受到诅咒，好运将与你无缘……"璧海会这样告诉闯入者。

在这个时候，闯入者会一直在地上磕头，还会喊着"饶命"之类的话。但这对璧海不起任何作用，甚至不会低头看闯入者一眼。

等他诅咒完以后，他和侍从们就消失得无影无踪。但惊恐的闯入者会忘记周围的变化，他们一求饶就是大半天。

至于他们离开那里后怎么样了，早已被历史遗忘。

3

璧海为什么厌恶非神，无从知晓，但从他的眼神中，可以看出他是高高在上的。因为缺乏资料，无法直接说出厌恶的原因。但仔细推测，还是能略知一二。人类没有法力，而璧海则是神。人类总是眼界狭窄，而璧海能预知一切。人类有时愚昧无知，但璧海知晓一切……擅自闯入本来就令人不悦，人类的闯入使璧海更加不悦，甚至可以说他有一种带着轻视的恼怒。

他所在的王国叫青枫国，他是青枫国的皇子，在他的父亲碧霖退位后，他就会成为青枫国的国王。

那里是神的国度。和金乌国一样，那里的街景还依然是几千年前的样子，红墙青瓦，到了夜晚，灯火辉煌。这里的国民会穿着古装游街，街边有集市，道路两边低矮的楼房之间会挂着火红的灯笼。夜市会一直开到天亮。

皇宫叫作青竹宫，坐落在青枫国首都青竹的中央，从天空上往下看，如同一块宫殿形状的巨大玉石，占据了差不多半个首都。宫殿是透明的水绿色，城门高大宽阔，总有几个卫兵守卫在门前。碧霖的朝堂在宫殿的最深处，外部是冰蓝的宫殿，里面则是偌大的朝堂。他的皇位在最里端，背后刻着浮雕，是两条穿行在水里踊跃的龙。此时此刻，他应该坐在雕花的皇位上，阶梯下站着他的大臣们。

碧霖对他的国家时刻挂念，也为它的发展做了一系列改革。在青枫国，哪怕是权力的中心，也是光明磊落的。对于大臣，他也奖惩分明。违反规矩、碌碌无为的大臣总会受到惩罚。

碧霖在他的国家已统治了两千年，因为他永远不会死去，但这并不意味着他会永远统治这个国家。每一任君主只能在这里统治五千年，然后下一任君主就会继位。

距离璧海即位还有三千年。

第四章 追月

1

璧海抓着离桢回到了青竹宫，然而这位护卫队长依然怒目圆睁，丝毫不惧怕在人间令人闻风丧胆的璧海。

"去哪儿啦？"青竹宫绵长的走道上，迎面走来了寒秋。她是璧海的姐姐，却看起来深沉而平和，就像是璧海的相反面。

"人间。"璧海拎了拎离桢的衣领满不在乎地说。

"这是谁？"寒秋看到了眼里燃烧着怒火的离桢。

"战利品。"璧海似乎在耀武扬威。

"宫殿是禁地，怎么能把外人带入？"刚刚还平和的寒秋突然火冒三丈。

"他是渎神的人类，是要付出代价的。"璧海猛地把离桢往地上按压，就如同刚刚在祭坛旁离桢逼迫璧海向器尘下跪一般。

"越是这样，越是危险。"寒秋从离桢的眼里看出熊熊燃烧着、能摧毁整个平原的火焰。而激起这种火焰的，是强烈的不可摧毁的信念。

"真没想到一个人类能让你这么害怕。"说着，璧海拖着离桢走向了走廊后自己的宫殿。

"我们金乌国只认太阳神羲和，不认你这种杂牌神。"离桢感到被狠狠地羞辱了，无论是羲和还是嚣尘，都是他心中至高无上的存在。他为守护他们而生，也会为守护他们而死。

"你付出的代价怕是又要加重了。"璧海把离桢向下按压，离桢不偏不倚地跪在了走廊的中央。

这对一个战士来说是莫大的羞辱。哪怕是战死沙场，也在这样的羞辱面前不值一提，只不过是换了一种存在的形式。

"你个该死的东西……"离桢一把推开璧海压着他的手，狠狠地大骂起来。

璧海瞬间把剑对准了离桢的脖颈，阻止他继续说出咒骂的话。一种奇怪的感觉油然而生，若是平时，遇上让他恼怒的人类，他只会诅咒他的生生世世，然后让他自生自灭，不去过问。可离桢却让他有一种要带回去赎罪的想法，因为璧海是令整个人间为之震颤的恶神，而这人间却偏偏有人在这震颤中屹立不倒。这是第一次有一种存在以他最轻视的凡人形态出现，而英勇的凡人必须在这里低头。

2

在树荫的层层笼罩之下，刚才那个在祭坛上救走祭品又匆匆离去的少年解开了少女身上的绳索。少女是少年的姐姐，名为芊眠，少年名为逐月。

"姐姐，没事吧。"逐月略显生疏地解开芊眠身上的绳索。

"就像是游戏那样。"芊眠故作轻松地说。她一向不喜欢弟弟逐月那种站在拯救者立场上博大的关怀，这让她感到自己离"他者"这样的概念越来越近，她在知晓了自己的命运后越发恐惧成为"他者"，这是"世界以外"的预兆与注定了的结果。

"这不是游戏，你是祭品，整个金乌都是祭司。"逐月似乎在认真地剖析芊眠的内心所想，却看起来并不入世，也并不天真。他的面貌和神情，似乎以消极的形态站在了世界的相反面，就如同在光芒中长驱直入的黑暗。

"只有祭坛上的那个家伙是祭司。"

"他是个见习祭司，那应该是他第一次见习。昨天晚上我还遇到过他，在森林的花墙边。"

"是要烧毁花墙吧。"

"不，他在花墙前熄灭了火把。"

"真是可笑。"芊眠说出了和逐月在花墙前一样的话。

"恐怕可笑的是我们，不过几天，那个见习祭司就要找上门来，遇上这样的事情，陛下自然不会放过他，他只有找到你以此赎罪。"

"我们得杀了他。"

"杀了他，我们就留了把柄。"

"我们本来就是祭品。"

"只是杀了他，我们罪加一等。"

"他本就是我们的仇敌，天天说什么敬拜太阳神，其实只不过想杀我们。都说到时没了祭品，太阳神会降祸于金乌，可我不愿意用自己换金乌，我只想活着。就算只是为了出口气，也得在逃之前杀了他。"

"我知道他会被关在哪，只是我们要找个时间突袭。"逐月一想到自己祖祖辈辈为奴，姐姐和自己作为奴隶的后代，活着是为了今天被那个见习祭司杀掉，就忍不住怒火中烧。

"今天晚上就得突袭。"芊眠斩钉截铁地说，不留一丝余地。她在几个月前被选为了祭祀大典上的祭品，可她并不渴望像传说中的那样，来到羲和的身边，她对凡尘有一种超然的迷恋。

逐月默许了这个决定，然而此时他心里所想的既不是对生的渴望，更不是对死的迷恋，而是感到了寒风吹彻的荒原慢慢地蔓延开来。

3

结果不出所料，朝玄被关在了祭坛旁高塔顶端的阁楼上。阁楼低矮而狭窄，只能容许一个人蜷缩着待在这里。从地上的灰尘来看，这里已多年没有人来过，说明前几任祭司都做得很好，从没有祭品逃脱祭坛的失败案例。

"陛下让你在这里反省，只有军队抓回祭品时你才可能赎清罪恶。"璀然在关上门时说。

"我现在就可以去帮军队抓。"

"陛下让你待在这里。"璀然猛地关上门，朝玄在这里与世隔绝了。

那句在花墙前的嘲讽再次响起，似乎在向他宣告他从一开始就错了，无论是一直以来他所崇敬的羲和，还是正襟危坐在皇位上的嚣尘，那些璀然讲的古圣先贤，祭坛旁匍匐敬拜的人们，都是荒谬整体的一部分，却在日光下显得无比真切。他感到了看不见实体的虚空，直到他触摸黑暗阁楼布满灰尘的地板，才感到着了陆，然而陆地之上承载的依然是无边无际的虚空。

虚空即是没有时间和空间，因此他在阁楼里度过的时间并没有限度。但是随着阁楼外哪怕是虚幻的时间的推移，这种虚空终究被打破。击破虚空的是一把长剑，而破碎的边界是阁楼天窗的横木。从长剑刺入的那一刻起，他看到的仿佛是刺破虚空的真实。

从天窗跳下的是早上的祭品芊眠和大逆不道的逐月。他们之间没说一句话，但动作却无比默契。逐月在黑暗中精准地把朝玄按在地上不得动弹，芊眠则把长剑刺入朝玄的胸膛。朝玄在挣扎了一会后再也不动了。

"走。"逐月小声地说。

"我们得把他埋了。"

"不方便背走。"

"我们要减少我们的嫌疑。"

逐月不再辩驳。他背起朝玄，站在杂物之上，和芊眠一起跳上了天窗。

"终于抹去了多年噩梦。"芊眠说。

"还有陛下，还有这个家伙的老师，还有护卫队，甚至还有全金乌的百姓。"逐月在高塔上俯瞰着整个金乌，一种空荡的感觉再次浮上心头。

他们在黑夜的笼罩之下小心翼翼爬下高塔，再顺着阴影跑入了无人的森林中。

今夜的森林很明亮，月光如同为他们引路一般不偏不倚地洒在森林的小道中央。他们顺着月光走到了森林深处，芊眠发觉这里土地松软，于是猛烈地挖掘。这里的一切噪音都不会传到人们的耳里，在这里也可以放肆地发出声音。

"就这里了。"

逐月也开始挖起土来，月光不偏不倚地照在了朝玄苍白的脸上。他看上去柔软而安静，似乎就要从人间飞升成仙，这绝不是在山谷中隐居修炼、看破红尘后离尘而去，而是在虚空中寻找真实后的最终结果。如果他的眼睛能睁开，一定会显得真切，而现在从他毫无生机的脸上只能看到与世隔绝。

"姐姐，为什么你偏偏被选为祭品呢？"

"每过几年都要选祭品，自从被选为祭品后，天天被关起来，被老师教如何做一个合格的祭品。我们是奴隶，无法逃脱这样的命运。"

"老师是怎么教的？"

"就是讲些关于羲和的故事、历代君主的事迹以及要温柔顺从，这样才是一个合格的祭品。羲和是不喜欢暴躁的祭品的，一旦收到暴躁的祭品，就会降灾于金乌。"

"姐姐，你现在很危险。金乌国不宜久留了，事情的泄露，只能让他们对你更加恶毒。现在他们都在熟睡，不过一会，天就要亮了。"

"那你呢，你还留在金乌？"

"没事的，那天我蒙着脸。"

"他们会猜到是你做的，我不能丢下你。"

"我们一起走，对谁都不利。姐姐，这是流光衣，披上了，就会隐身。"说着逐月把流光衣、地图、行李和刀剑给了芊眠。

"你把这些给我，你怎么生活？"

"我会生活下去的，我那么多年的武功可不是白学。从森林西墙逃走就是科林，地图上画了红圈的地方是科林国我们远房亲戚的家，你去投奔那里，我会过来的。"

"一言为定。"

"一言为定。"

趁着月色，芊眠消失在了森林枝干的层层掩盖中。逐月本想匆匆掩埋朝玄后逃离，可月光偏偏在此时变得明亮而澄澈，他的目光落在了朝玄身上。他比任何时候都清晰地觉得那个与他年纪相仿的少年真切地存在着，在某个看不见的地方也同样被禁锢着，而命运似乎不容他在此湮灭。他缓缓拔出插在朝玄胸口的剑，这才发现剑刺偏了几分。他害怕朝玄的消亡，也恐惧朝玄的苏醒。

突然传来了窸窣的声音，逐月把目光投向声音的源头，森林中走出的是璧海。

"你在埋着什么？"璧海站在月光穿过树木洒下的光点之中，碧蓝的衣带低垂着。夜晚寂静无风。

"是我的仇敌。"逐月很早就听闻关于璧海的传说，而如今，璧海就在他的眼前，他的心中却未起波澜。他感到，整个世界在此时变得像一潭死水，就像抹去了过去与未来那样被遗忘了很多很多年。

"可是，他不该在此时死去。"璧海看似平静地说，但波澜不惊之下暗流汹涌。

"为什么？"

"昭世殿中有生死册，他不应在这时死去。"璧海上前扶起朝玄，朝玄胸前的伤口以光照亮黑暗的速度迅速地愈合。

"不要！"纵然内心已波涛汹涌，但逐月依旧只是轻声说道，就像夜幕吞噬了一切冲破黯淡的光亮那样。

"你忘了那些传说吗？你是我见到的第二个——冒犯神的威严的人。不过，这样挺有趣，我帮你改命吧，你可以多存在那么一会儿。"璧海对逐月说，说完，他化作水蓝色的光点四散而去，无影无踪。在他消逝的时候，积压着的恐惧如潮水一般向逐月涌来。

"这是哪里？"朝玄在这时候醒来。

"别跑，你回不去了。"逐月把仅剩的一把剑架在朝玄脖子上。

"你要干什么？"朝玄看到逐月的一身黑衣，知晓了他的身份。

"你现在回去，也是一个叛徒了。"

"你这是自投罗网。"

"你受了这么重的伤，还抓得住谁？"

朝玄这才想起自己受了重伤，虽然伤口已经愈合，但疼痛还在。逐月一把拎起朝玄的衣领。朝玄感到自己面对的是个强大又狠毒的敌人，而自己身在荒无人烟的森林。

"你要杀了我吗？"

"未来的祭司啊，现在这种情况，还由得了你问这么多吗？"

"你就是逐月吧。"

"祭司，你永远都在高堂之上决定别人的生死，而你永远不会摔下来，可是今天，我要让你摔下来。"

"成为祭品是荣幸的事，可以洗清你姐姐深重的罪恶，到羲和的身边。"朝玄虽这样说，但是眼里却看不到一丝残忍，甚至可以感受到他的真挚。

"我随时可以杀你。"逐月一把掐住朝玄的脖子，那时他意识到朝玄或许永远都是他的相反面，他在高位上行使着太阳神的特权，对身为祭品的芊眠进行屠杀。

"那羲和一定会倍加珍视我。"朝玄感觉脖子上的手越来越紧，他抬眼看了一眼逐月，他的眼里闪着尖利的寒光，似乎从他的眼里都能看到苍白的冰凌。朝玄的话只不过是虚张声势，他在某些时候对羲和的存在已经有所怀疑，祭坛上他从未听见过羲和的回应，而金乌年年岁岁都有着自然灾害。但是在匍匐敬拜的人群中，即使是虚无也变成了存在，他甚至无法分清哪些是真实的存在，哪些又是虚无中生出的存在。

"蠢货！"逐月猛地松了手，朝玄摔落在地。刚刚伤愈的他在猛烈的冲击和突如其来的恐吓下，一时间无法爬起来。

"如果这就是一个骗局呢？"逐月再次掐着朝玄的脖子让他悬在半空。朝玄看到了他怒火中烧又毫无情感的眼神。

"不可能的，金乌所有人都相信太阳神的存在和对金乌的恩泽，连陛下都相信的事情，怎么可能是假的？"朝玄装作勇敢无畏的样子直视逐月，不停地暗示自己太阳神的存在，想象着太阳神驾着御日马车救下自己的样子。

"这会不会是陛下的骗局?"逐月轻描淡写地带着讪笑问。

"这不可能。"

"你听到过羲和的回应吗?世世代代的祭司只会在祭典上说那么一句话。既然是万能的太阳神,那么你们祭司为什么几百年只会说一句话?"

"在祭典上,适合的话是有限的。"

"我不和你争辩了,今天因为璧海,你才活了下来。看在他的分上,我暂且放过你。不过你要是出卖我,必死无疑。"逐月慢慢地松开了手。

朝玄带着几分怀疑,转过身去,消失在天光与月光的交汇里。逐月倒是并不害怕,芊眠或许早已逃离金乌,而逃离反省室的祭司历代可都是被怀疑的对象。他的伤口早已愈合,遭受攻击这一说也不成立,哪怕搬出璧海来证明被袭击的事实,也不会有人相信那个冰冷傲慢、厌恶人类的璧海会去救活朝玄,反而留下了通敌的话柄。

4

在那个沉夜,朝玄一直以来在心里建立的世界随着之前的梦境迅速地分崩离析,尽管之前他的世界也未必坚固,但相比如今,那些怀疑也只不过是小的裂口。他想起了祭典上聚集着的人们、父亲在祭典上的决断与虔诚、正襟危坐的国王、步伐整齐地抬着祭品走上祭坛的队伍、旋转着跳舞的舞者,感觉似乎回到了陌生的家乡。但一旦想到眼前是阒无一人的森林,突然觉得这些情景都变得遥远而模糊,似乎只在梦中出现,而创造这些景象的太阳神则更加虚无缥缈。他不敢继续想了,这样想只会让他怀疑现世的真实,为了表明自己的存在,他不能继续想下去了。

曙光一点点撕开夜幕，眼前的情景也愈发明晰，高塔在层层叠叠的树叶后显出高大又狭窄的形象。他希望璀然、军队、门卫都没有醒来，也没人发现他在黑夜中的消逝。

随着高塔越来越近，他越发有了回归的感觉，回到生命，回到人群中去。只是现今的人群不一定能接纳一个从反省中逃离的祭司了。

"那个见习祭司逃跑了！"

"早就知道了。"

"这么小就这么不尊重太阳神！"

"这得严惩！"

朝玄隐约听到了这些议论，他似乎从这些并不清晰的声音中看到了背叛后复仇的熊熊烈火。他朝高塔飞奔过去，想告诉他们真相。

"能在祭典上让祭品逃走的，几百年里只有一个他，还有两百年前那个废物祭司。"

"他看着倒挺聪明，绝对不像那个傻子祭司，绝对是和祭品串通好的。"

"烧死他这个逆贼！"

"他还是个孩子，只是这种从小就不尊重太阳神的孩子应该早点被处死。"

"太阳神庇佑着整个金乌，赐福于金乌，他连给太阳神献祭都不愿意。"

随着距离的缩小，那些声音越发响亮而狂躁，复仇的火焰在燃烧。

一支箭朝他射了过来，他侥幸躲开了。他看见射箭的就是金乌的军队。

"不是你们想的那样！"朝玄大喊道。

"谁还听一个叛徒解释。"又一支箭射过来。

"等等。"

"还敢命令军队？"此时万箭齐发，一并射向朝玄。

"是那个逐……"一支箭擦过朝玄的肩头，打断了他的话语。

之前的金乌和如今的金乌是两个世界，之前的人们与如今的人们是两群人。他怀着对逐月扰乱他原先生活的仇恨向着森林奔去，一路上耳边依然萦绕着那些可怕又疯狂的咒骂。

第五章　荒都

1

　　朝玄穿过森林遮蔽曙光后的阴暗到达了森林深处，那里却已空
无一人。这样的空，与阁楼里的空是相似的，虚幻且无边无际。而
祭坛上人们的敬拜和欢呼似乎是走出虚幻的明灯，而在此时，这种
欢呼则成了更加虚幻的虚幻。

　　在森林深处，朝玄再次看到了逐月。他还是一脸阴沉地站在高
树的阴翳之下，正准备着翻过那道墙。朝玄想到自己已经是金乌的
敌人了，在他赶回高塔之前，揣测他逃跑的消息早已飞遍了整个
金乌。

　　"你怎么没走？"

　　"你被追杀了吧，要不要我带你走？"

　　"不要。"

　　"还抓我吗？"

　　"我可以不抓你，但你……"朝玄虽为顶层的祭司，即便因为

年少而迷茫，也知晓崇拜的狂热和盲目，而他已从万人景仰的祭司成了众矢之的。

"你也抓不了我。"逐月看到朝玄苍白羸弱的样子，在心中赞叹那把长剑的锋利与精准。

"怎么不能？"

"别逞强了，你得逃离这里，可西墙那条路现在已经有人把守了，那就要去邻国碧华，经过碧华再逃到科林。"逐月一把拉起朝玄，向那堵墙跑去。

"听着，从现在开始，你要为你所做的，将来会做的一切赎罪。"逐月带着似乎是至高无上的权威说。

早已习惯了居于高位的朝玄，高傲的自尊让他无法向一个本该死去的祭品的弟弟低下头，在他将要爆发愤怒的时候，却听到草丛里传来了巨响——护卫队早已追了过来，他们拿着长剑，眼神坚定强韧，似乎就是最高真理的代表。他们头上是顶着光的，那是开启死亡之门的向导。

逐月和朝玄迅速攀上了森林深处的高墙，消失在遮天蔽日的黑暗中。

2

朝玄和逐月趴在高墙之下，听见了军队的交谈。

"难道叛国见习祭司不在这？"

"这里隐蔽，大概率在这里。"

"你们说他是现任祭司的独子，是继承职位的唯一人选，怎么还在这时候跑掉了？"

"多关几天，出来抓住那个小贼，还是能继承祭司的位置，这么早就逃跑，何必呢？"

"也许他是想抓住那个小贼将功赎罪呢？"

"都什么时候了，你还帮他说话，现在已经不是他得势的时候了。"

"他要是被抓到，也得先被关几天，那个时候我们军队已经抓住小贼了，然后他再向陛下请罪，表达忠心，事情也就过去了。历朝历代都是这么处理。"

"像他这种废物般的见习祭司也真少见，金乌国建国以来加上他，也就两个。"

"那两个还能乖乖地待在反省室，他这废物就直接逃了。"

伴随着护卫队议论声的，是狂风吹过灌木刺耳的声音，就如同军队的话语一样尖锐。朝玄又想起了那天祭典上人们一齐跪下的场景和欢呼的声音，只是现今军队的话语早已撕开了温暖的表皮，内部则是尖锐的利剑。

"搜，继续搜！"在命令之下，军队更为仔细地搜寻这片森林，树叶掉落发出沙沙响声。

"走。"逐月拉起了朝玄向远方奔去。

前方就是金乌与碧华的国界，即使没有高大的白色栅栏，土地的颜色也不偏不倚地分离开两个国家——金乌的土地是带着贫瘠的黄色，碧华的土地则是颜料刷成的碧蓝。

"一旦爬上栅栏，守卫就会过来。"

"我都能打赢你，还打不赢他们？"

"他们有三十几个人，如果今天两队会合，就是六十多人。"

"你都是个罪人了，还那么多话。"

"他们人人配着一枪、一剑、一戟。"

逐月感到了白色栏杆的恐怖，它在曙光中纯净洁白，但跨越它一步就是万丈深渊。

璧海又在这时候出现了，成了金乌贫瘠边疆的一抹碧蓝，那是地平线下深潭的碧蓝，冰冷、危险、深不可测。

"我太喜欢看人世间的热闹了。"璧海的一举一动总是带着纯粹的阴晦，就像清澈湖水下潜伏着的妖物。但这种阴晦倒映在逐月眼里，则成了残月通过小孔倒映在地下潭水中的幻影，充满着光明的意味。

"为什么？"朝玄对这样一位在人间令人闻风丧胆的神甚是不解，璧海的冰冷与阴晦总是让他想起无底的山洞。

"一个是金乌至高无上的祭司的继承者，一个是本该死去的祭品的弟弟，却都要逃离金乌，我想知道这两个故事的结局。"璧海看似漫不经心地说，却让朝玄感到了从四面八方吹来的凛冽寒风。

耸立在两个国家间的栏杆消失了，眼前只有碧华被颜料刷得碧蓝的土地。

而闻声赶来的守卫也都沉沉地睡去。

3

这里是距国界线几百米远的边陲小镇，名为玉城。虽然有了"城"的名号和一个雍容华贵的名字，但这里却荒无人烟，满是野蛮生长的枝条，从树上一直延伸到地面。

"讲讲这是哪？至高无上的大祭司。"逐月总带着种不计后果的勇猛的嘲弄，即使他已经成了全城追捕的对象。

"玉城。"

"祭司受过的教育果然好。"

"我已经不是了。"朝玄看着萧条的或许实际上早已荒废的玉城，感到自己深陷深渊。虽然脱离了金乌，但他所面对的，是无情的荒原。

"但是祭司所得到的，你也全得到了。你得到了陛下的栽培，得到了人们的拥护，得到了国师的教育，还有朝廷的俸禄。"

朝玄觉得自己所处的深渊变得更深更黑暗，他想起了王座上睥睨众生的国王和祭坛下敬拜的民众，只觉得他们的影像在脑海里更加模糊了。在远离了金乌后，于他而言最大的不稳定因素就是这个在内心深处恨着他的逐月。他一把抢过逐月腰间的佩剑，把剑砍向逐月。可逐月却一个转身抢过了那把剑，将朝玄一把推倒在地。

"你都落到如此境地，还有胆子这样。"逐月讪笑着说。

朝玄意识到了危险，他向被枝条征服了的小径奔去。在当下，只有脱离了逐月才是安全的。

那条小径上满是长着紫色花朵和翠绿树叶的枝条，空中则全是柳条，他跨过这些枝条，却听见枝条猛烈晃动的声音。

逐月紧跟在他身后，他只能加快步伐。前方的断崖上有一个垂直的木制山洞，里面刻满了远古时代的花纹，洞口两端竖立着点燃的火炬和一条通向山洞深处的轨道，轨道上有一只破旧的木船。朝玄跳上了木船，驶着木船向山洞深处划去。

山洞内部并不漆黑，两边都布满了火炬，火在船带来的风下摇曳，照映着洞壁上古老而阴森的花纹。

4

高耸的断崖让逐月望而却步，但是复仇的进程不能停止，他不会放过那个站在他对立面的祭司。在毫无头绪的时候，他会想起璧海，那个令世人闻风丧胆的神。

"又遇到事了？"

逐月回过头去，是璧海。他水蓝色的衣带在枝叶繁茂的荒芜中飞舞，成了荒原中唯一一缕生机。

"朝玄从山洞下去了，我想找到他。"

"我一直所厌恶的人类总是这样奇怪。和仇敌就此分道扬镳，不是挺好？"

"可他必须要赎罪，他祖辈的罪恶，他的罪恶。只可惜，只有我认为他有罪。既然他必须活着，就得为他必然的罪恶赎罪。"

"从这里下去两天后到达云都，你在云都的集市就会遇到他。"璧海说道。可他眼里闪烁着的渴望的光芒让逐月不寒而栗——他从没有见过这样的眼神，满是残酷的好奇却又带着不属于人间的飘逸。

"感谢神明垂怜。"逐月对着璧海深深一拜。

"我不管你怎样想，但是你记住，永远不要觉得你使唤了神。"璧海突如其来的提醒让逐月真正想起了那个令人们闻风丧胆的传说，眼前的璧海从不是自己的朋友，而是睥睨众生的神。

"感谢神明关照。"逐月再次深深一拜。

"拿着这个，即便是被认为绝对正确的祭司也会恐惧。"璧海把自己腰上的青凤剑给了逐月。这是青枫国祖传的剑，传到了璧海这一代，依然像新的一般晶莹剔透，闪着水绿的光芒。因为这把剑的存在，青枫建国以来，从没有打过败仗。

"谢谢你了，只怕他不赎罪。"逐月接下这把剑，感觉他不曾到过的整个青枫国的水波都在指尖流动。

"被剑击中就意味着灵魂被击碎，丧失了轮回的资格，谁不害怕？"荒城的风吹动璧海的发丝与衣带。

5

璧海带着逐月来到了云都中心的集市，这里是和金乌完全不同的世界。道路上是穿着碧华国碧蓝或浅绿服饰的人们，他们三五成群地聚集，从不独来独往。几个戴着金簪的女孩在路边木制推车的胭脂铺上挑选着胭脂，她们总是笑语盈盈；左边的道路上是追逐打闹的孩童和厉声斥责的父母，但是孩子们依然笑着向远处跑去；前方是一对依偎着的恋人，身后是互相搀扶着的老人。两旁则是各种杂货铺，有项链、花冠、胭脂的铺子，也有卖萝卜的铺子，街上飘荡着粗犷的叫卖声，人们聚集在各种铺子前。逐月看到了"自由的聚集"，那是他脑海深处遥不可及的向往，此时却触手可及。

"在这里等上两天，他会来的。"

"我第一次见这样奇特的情景。"

璧海心里又在嘲笑人类的无知，集市、叫卖、杂货，这些都是他之前一次次来人间兴风作浪时常常看到的事物，却在这个人类那里成了奇特的景色。逐月却湿了眼眶，这样的聚集，永远不是他的聚集，他的家人早已深埋于地下，只剩下不在眼前的姐姐。

两天后，朝玄不出所料出现在了集市上。他的神情焦灼不安，"荒原"在他眼前变换着不同的形态，他也意识到这片荒原的迅速蔓延，他可能永远都走不出这片荒原了。

逐月上前拦住了朝玄，在朝玄还未转身的时候就抽出了璧海的青凤剑，剑刚一离鞘，朝玄的三分魂魄就紧紧地缠绕在了剑上。

"作为祭司，你应该知道这是什么，如果我砍下去又有什么后果。"

朝玄知道这意味着灵魂的彻底覆灭，意味着意识的永久消逝，那绝不是黑暗，而是彻彻底底的虚空，他恐惧这样的命运。

"快把魂魄还给我。"

"一个不会赎罪的人，灵魂本就不全，拿去三分又何妨？"逐月望着青凤剑上缠绕着的魂魄，透明而混沌，第一次感受到了纵览全局的开阔。

"你要我做什么？"在朝玄刚刚成为见习祭司时就听璀然说过灵魂的湮灭，在此之后，灵魂覆灭后的虚空虚幻而清晰地在他脑海里挥之不去，而此时，内心深处的真切恐惧与即将到来的无知无觉在目光无法触及的角落即将暴烈地碰撞。

"云都有个青云殿，你一定听过，我想到那里去。"

"为什么？"

"你作为祭司，从小就能受到教育，而我是奴隶，是祭品的家人，只能四处逃亡。你是绝对的正义，而我注定了是邪恶，可现在，你应该赎罪。"

"我答应你。"

逐月把剑连着魂魄一起收入了剑鞘，眼里满是冰霜。

第六章　青云

1

青云殿是云都最具盛名的学堂，建立于两百多年前，原来是前朝的宫殿，朝代覆灭后就成了学堂，只是这里从来不教古板的道理，而是谈论志怪之事。谈论的事情多是仙界之事，虽然无法证实，但作为故事，总是让人饶有兴致。青云殿的墙壁和柱子上雕着仙界的祥云，祥云上飞着仙鹤，顶端则是光芒万丈的太阳。大殿的内部早已被时光洗刷尽了奢华的气质，只剩下了还带着雍容华贵的书卷气，藏宝室里的珠宝早已流落民间，而原先摆放玉石的柜子也成了书柜，放满金银饰品的桌子也成了课桌。青云殿旁本还有几座宫殿，但都在改朝换代中被毁，连画着它们的画作也一并遗失，传闻中高大巍峨的宫殿就如同路边扬起的尘埃一般，不留痕迹地消失在了这个世界上。

因为这里相传与仙界相通，所以碧华国的新朝代建立后就再也没遭到战火的劫难，无论是孩童的打闹，还是碧华内部小的叛乱，都不约而同地绕开这里，即便是官方的搜寻人员也不会进入这里，生怕惊扰了神明的安眠。

青云殿只有寥寥几位老师，他们多已年迈，却不见衰败，而是带着羽化登仙的超然。最初把前朝宫殿改为学堂的人早已被人们遗忘，只是有寥寥传闻表明他升入了仙界。而青云殿却隔绝了尘世，耸立在云都的中心，愈发神圣而高大。

2

朝玄和逐月穿过一条条充盈着叫卖声的大街小巷，人们三五成群，拎着集市上的瓜果青葱，谈论着家长里短。这样的温情，对朝玄或逐月而言都太过遥远，就像海上的仙山一般虚无缥缈。逐月觉得集市如同迷宫，人们的欢笑把他团团围住，但终不是栖身之地。

直到一切喧嚣都戛然而止的时候，逐月才发觉青云殿正耸立在地平线之上，在正午阳光的照耀下，却发出幽蓝色清冷的光。

这里并非荒无人烟，而是聚集着前来入学的学生。这天是青云殿一年一度招生的日子，一向讲究有教无类，只要日落之前能来报到，就是青云殿的学生。

"你还挺会认路的。"在看到青云殿迎着日光矗立在那里时，逐月心里的仇恨却猛然增长，就像被细小火柴点燃的枯草席，猛然成了一片火海。青云殿的美本该与他彻底隔绝，却在自己的恶意之下向自己显现，这是远离了危险之地的"生"。

"我之前来过这里。"

"是在这里上学吗？"

"只是路过。"

逐月感到了前所未有的轻松，自己的仇敌还没有在自己之前观赏到青云殿的美。

逐月走上青云殿的台阶，看到了阳光下青云殿墙壁上在祥云中飞舞的龙和在水中畅游的鲲；青云殿顶端的屋檐下，则是光芒万丈的太阳。透过棕色的木雕，他似乎看到了充满着生命的色彩——木雕上的天空和海看不见的碧蓝淹没了他心里的仇恨，让一切归于平和。

"我们只能说假的名字，一切都是拜你的祖祖辈辈所赐。"

"让我想想。我叫暮白，你叫逐晨？"

这个名字顷刻间刻在了逐月心里，这是他的相反面，是他想彻底摆脱的命运。他接受了仇敌善意的赐名。

从此，他叫逐晨，追逐黎明而不是寂夜。

3

他们被分到了大殿二楼西北角的房间。这是他们的宿舍，也是前代的兵器室，只是兵器如同那些珠宝一样流落民间，现在只剩下了四张简朴的床铺、一张古旧的桌子以及墙壁上华丽的雕花。在这里，逐月成了富家子弟逐晨，朝玄成了他的学仆暮白。

逐月拿起了桌上洁白的信纸。他在进入这里的时候就想起了自己远在他乡的姐姐，她也许已经在远亲家中的窗前眺望，盼着自己归来。

姐姐：

当你拆开这封信的时候，我想你已经到达了小姨家里，希望你在路上没有遇到麻烦，没有遇到追兵，希望你在我写信的时候已经脱离了危险。不用担心我，我在最安全的地方青云殿，这是我第一次进学堂，我希望姐姐有天也能有机会来，我不会在这里待太久，我会尽快与你会合。不用担心我，希望姐姐一切都好。

×年×月×日

　　他在信纸上匆匆写下这些话。在姐姐面前，他习惯于扮演一个乖巧的孩子，他鄙视这样平淡的乖巧，但这又成了他和姐姐维持关系的纽带，他必须乖巧，不然就是在颠覆乾坤。

　　他把信纸轻轻放入信封中，在信封上写上远房小姨的名字，由于亲缘极远，嚣尘不会查到，也就能保证这封信送达芊眠那里。

　　他把信放进楼道里的信箱，然后就沉沉地睡去了。他梦见了荒原，延展开来的荒原，寸草不生，远方依旧是荒原，只是荒原之上，站着芊眠，她依旧穿着作为祭品时的洁白又破旧的衣服，只是没有了粗糙的麻绳的捆绑，可她获得的不是自由，而是贫瘠荒原上的流亡。他向芊眠奔去，以最乖张的姿态，他在荒原的尽头冲破了名为"乖巧"的枷锁。

第七章　昭世

1

"距碧华三千里有邦名瀛洲，瀛洲之上，为仙山，仙山后有海，名为东溟，海后有阁，有腾龙飞凤刻于壁，高约千丈……"年迈的老师以古老语言讲述着传说，却神采奕奕，丝毫没有生命衰退的迹象，就像年迈从来不与死亡联系，而是羽化登仙，从喧嚣的人世飞入虚无缥缈的仙山。

逐月难以听懂古老的语言，但却从眼前的景象中感到了在某个遥远、连意念都因为模糊而无法到达的地方，充盈着蒙蒙薄雾，薄雾之后，是他无法想象的仙境。

朝玄听懂了每一个字，却觉得无论是仙山还是东溟，都远在天边，而背弃了他的金乌的神却好似近在眼前。他思念金乌的一切，无论是家、祭坛、低矮的教室，还是璀然、嚣尘、鲜少交流的父亲，甚至是金乌树上的一片枯叶，都成了他不可磨灭的念想。只是这样平静的金乌已经永远只能在记忆中存在了。

"这是什么意思？"逐月问朝玄。

"东溟后有高阁。"

"只有这些？"

"就是这个意思。"

就这样，朝玄忽略了东溟方圆几千里的美，只能记住终点名为"高阁"。这并没有打断逐月的念想，他能想到的早已超越了老师所表达的语言。

"高阁名为昭世，流昭初入此阁，衣袂飘飘，形若流星，目明清澈，司生死轮回……"

"这又是什么？"

"掌管生死轮回的神叫作流昭。"

逐月依然不懂得这些句子的含义，但他已经感受到了流昭的超越凡尘。无论朝玄怎样无意识地隐去，他都能感到传说中的流昭从浓雾之中显了形，只是依然无比遥远。

而昭世殿中的流昭早已看到了青云殿里正在发生的一切。

2

璧海在昭世殿的藏书阁前停下。虽然名为"阁"，实则是一个狭长的过道，两侧镶嵌于墙壁的书架里摆放着发黄的竹简，上面写的是各个人轮回的经历。璧海在这里感到了超然世外的感觉。他总是无法与其他事物相隔离，哪怕是他最厌恶的人类，也总会时不时闯入青枫林里青枫国的入口。唯有轮回，他全然避开了，他是神，是青枫国的皇子，永远不会变化。

他走过狭长的藏书阁，虽一眼望不到尽头，但相比竹简上的人生，这条路还是太过短暂。昭世殿在几天前迎来了新的阁主流昭。这里的阁主总是几千年一换，上任阁主和璧海的相处并不愉快，这任阁主流昭他还没有见过。璧海想象着流昭的样子，却不经意间碰掉了一卷竹简。竹简落地的声音铿锵有力，璧海看见了在不远处的尽头站着流昭。

流昭浅蓝和洁白相间的衣带在昭世殿的风中飘动。他的目光清澈明亮，没有一丝阴云，垂下的头发上挂着银色的流云。他拿着一支浅蓝的玉笛，玉笛上挂着翠绿的玉坠。昭世殿几千年来晦暗而阴郁，却在此刻有了清风明月之感。

"来者何人?"流昭带着平静的愠怒在尽头说。

"是我。"

流昭认出了璧海，是那个冷酷绝情、不可一世的恶神。

"你在轮回之外，不应在这里。"

"我想看看昭世殿的新主。"

"昭世殿不是你可以进入的地方。"

"世间无论人或神都惧我，你却不畏惧。"

"你在法则之外，我也在。"

"既然这样，我想在昭世殿看看。"

流昭没有回答，只是转过身，向着大殿飞去。大殿中央是一面铜镜，铜镜中映照出人间的景致，此时是青云殿中的讲学。璧海看到了镜中年迈的老师与尚处年少的学生们，他们正在讨论着那个遥远的传说。

"人间在探讨你。没想到天界的事，人间这么快就知道了。不过我奉劝你，别像前几任昭世君那样自负，世上没有神能制服我。"璧海说完就从昭世殿的雕花窗口飞了出去，画出了一道锐利的弧线。

3

青云殿似乎有着抚平愤怒的作用。在青云殿的几日里，逐月有些忘却了怒火的温度。

青云殿后有一条河流，河流的尽头是瀑布。这条河流一年四季总是清澈透明。那日，老师带着学生们一起在河上泛舟。老师讲述着描写河流的诗句，学生们静默不语，记下了一句句遥远的泛黄的诗句。年迈与新生、古老与现世、虚景与盛景，在一条河流上悄无声息地共存着。

朝玄望着河流两岸繁盛茂密的高树，他又一次想起了故国，想起了故国的每一次朝拜。金乌此刻，也盛开着满树的花朵吧。他心中再次涌起对逐月的仇恨，可他总是无法面对仇恨，因为在阁楼里的放空，因为受伤后的脆弱，恐惧未来又想生活下去的纠结，阻挡了他对仇恨的反应。此时他的灵魂缠绕在逐月的剑上，他无法实行他的复仇。

逐月永远不会怀念金乌，那不是他的故国，只是那里的人们和他生活在同一片土地上，承载着同一种文化，除此以外，再无相同。他和作为祭品的姐姐，才有一个共同的国家。

河流尽头的瀑布猛烈地击打岩石，而岩石依然在那里生根。朝玄想起了离桢，那个勇敢坚定又气质粗野的护卫队长，年少的时候他曾与自己玩耍，那是记忆中唯一的温情。他们一人代表一个国家，以树枝为长剑，树荫为国家展开卫国战斗。离桢总是勇猛善战，天生对战斗充满着激情，战斗就是他的信仰，而自己总是失败。而现在他在璧海的青竹宫里，生死未知。

第八章　碧云

1

离桢似乎失去了最初的斗志。他靠在地牢破旧的墙上，一言不发。他对金乌的狂热已经模糊，太阳神的传说也在他脑中消失殆尽。就如同离开了漩涡中心，走到一旁发现往日的狂热或许只不过是一场龙卷风。

"即便在人间杀敌无数，也不可对神无礼。"璧海走到离桢的牢房前。离桢此刻却因为长久的黑暗，觉得璧海有了种撕破了迷惘的亲切感。

"你是神？"

"你才知道？"

"一直都知道。太阳神羲和，真的存在吗？"

"存在，她一直管理着仙界的十四个国家。"

"我想见到她。"

"你现在还在我这里，赎清了不敬神明的罪，才能去见她。"

璧海带着威胁的回答，让离桢重燃起信仰的烈火。羲和的存在宣告了他虔诚的意义，既然是信仰，就应该为它忍耐，为它赴汤蹈火。既然璧海的国家还在羲和的统治下，见到了羲和就能报复璧海。

"我愿意永世被囚禁。"

"真是坚定的信仰。"

"我愿意。"

"我暂且相信你说的是真话，只是你永远也别想反抗。"

"我愿敬拜你。"

璧海打开了监狱的门，拿出了一根碧蓝的权杖，顶端是蓝色的玉石，杖身刻着海蓝图案。

"跪下。"

离桢跪下了，心里却满是冉冉升起的太阳，太阳中是驾着驭日马车的羲和。他从未见过她，却连在想象中也不敢想象她的容颜，只能想到圣洁的洁白和热烈的火红。

"抬起头，看着我。"

离桢连忙抬起头，眼里璧海的形象却变得模糊，他甚至忘记了屈辱的感觉，只想快点飞到羲和的身边，那是他的信仰，胜过他的存在。

"我将在这里以青枫的名义赐你永生，你将不老不死不灭，永生永世囚禁于青竹宫，你的灵魂将与青枫同生死共患难。"

璧海宣布的声音冰冷而有力，就像世界背后的君主在世界的尽头宣布毁灭整个世界的宣言。离桢不由得颤抖，久经沙场的他只见过敌营凶狠的士兵在死亡面前的猛烈攻击，在生死面前他们依旧脆弱，而璧海的攻击平静而无法战胜。

"我该做什么？"

"明日一早你去青鱼堂，跟着老师去学习规矩。还有，青枫生，你生，青枫亡，你亡。你的灵魂与青枫国是一体的。"

"现在呢？"

"现在去建后院。"

璧海挥起权杖，刮起了一阵狂风，离桢被风吹起，掉落在了后院的杂草堆中。

他向来不害怕疼痛，他爬了起来，却看到修建后院的宫仆们，他们衣衫不整，搬着玉石砖块，脸上带着倦容，和前宫似乎是两个世界。

"又见面了。"一个穿着铠甲的武将对离桢说。

离桢认出了他，想起了多年前的碧云台之战。

2

十年前。

离桢那时十六岁，刚刚从士兵升为将军。他不是最年轻的将军，这样的年龄，在四千年前的金乌已然成年。那时金乌的国王嚣尘，下令离桢带领数百士兵在碧云台巡游。这不是游山玩水，而是在示威。碧云台是金乌和朝云两国之间的一片丰饶之地，城内人烟稀少，但却布满山川河流，还有漫山遍野的地下矿石。这片土地一直是无主之地，金乌和朝云都对这里虎视眈眈。

朝云国是比金乌更加小的国家，但却相对富庶。即便如此，嚣尘依然不把朝云国放在眼里。在他眼里，小国臣服大国是亘古不变的自然规律。

离桢坐在白马上，打量着这个渺小的城池，可还没等他打量完，街上的游人却连忙躲了起来。他能看到的，只有朱红雕花的高楼，行人匆忙离去还来得及收起的摊位和远处青黛的山脉。他在心里嘲笑着这个城池的人民，毫无勇气，毫无志气。在这里，金乌与朝云已经争斗了无数次，但他坚定地认为，碧云台只能是金乌的。

这时一支箭穿越铠甲直入离桢的心脏。他从马上坠下。士兵们四处张望，看见了一个匆忙逃去的背影。

"追！"一声令下，士兵们向那个背影逃离的方向追去，只留下几人照顾离桢。

"我没事，扶我起来。"离桢说。对他而言，荣誉高于生命，那是他存在的唯一证明。

"将军别动，这是毒箭，已经插入心脏了。"作为小队长的弟弟离镜对他说。

"你是我弟弟，喊什么'将军'？"离桢对弟弟的那一套礼仪总是不以为然。

"将军，你先别动，我们几个送你回金乌。"离镜顾不上哥哥的斥责，和几个士兵把他抬上白马，向金乌奔去。

3

在金乌的士兵知道行刺者的下落之前，朝云的国王千云已经知道了他的身份，只有自己冲动又忠心的将军海盏才能做出这样的事。他打算召见海盏问罪，一个小国贸然挑起争端绝不是明智之举，可诏令还没有下达，海盏已经来到了朝堂。

"陛下，今日金乌的军队出现在碧云台。"海盏半跪下来虔诚地低下头。

"你又是怎么做的？"

"臣用毒箭射了将军离桢。"

"大胆！朝云论实力，打不过金乌。现在贸然射毒箭只会激化矛盾！"

"陛下，您一直挂念碧云台。"

"现在不是时机！"

"陛下，恕臣直言，金乌知道碧云台是两国必争之地，军队私自闯入碧云，本就是无视我国。即便今日不射箭，他日金乌也会占领碧云，到时候金乌的国力更为强盛，朝云更加无法与它匹敌。"

"你有几分胜算？"千云听了海盏的陈述，怒气瞬间消散，在国事之上，他们之间早已形成了默契。

"海盏自从为陛下效力，从未打过败仗。"

"这次面对的是金乌。"

"臣面对碧华也没有打过败仗，请陛下信任。"

"看局势，仗是不得不打了，这次战争只能成功，不能失败。"

"是，陛下。"海盏为表示虔诚，把头埋得更低。

"退下吧。"

"是，陛下。"

4

离桢躺在床上，为他拔箭的是匆忙赶来的金乌名医晴空。她看到毒入膏肓的离桢，不禁颤抖起来，可是离桢却依旧神情坚定，嘴里念念有词。

"将军，治好的可能性只有五成。"

"我不怕。"

"将军，你在念着什么？"

"太阳神的名字。"

"将军，一会儿我会上药，你会昏迷几天，若是药起效了，三天后你会醒来，若是没有起效，你恐怕……"

"我不怕，来吧。太阳神永远在那里。"

晴空从木匣里拿出白色的药瓶，把瓶中粉末涂在离桢的胸口上，离桢慢慢闭上了眼睛。她略微颤抖着用洁白的纱布包上伤口，留下了一朵火红的花。

5

三天后，离桢从无边无际的黑暗中醒来。那是死后侥幸挣扎而出的"生"。他感到自己在黑暗中飘浮，最终落了地。

"将军，您醒啦。"一个负责照顾的士兵对他说。

"一切都还好吧。"离桢在醒来后立即正襟危坐，在那个瞬间抹去了昏睡的缺乏"生"的三天三夜。

"都还好。"几名士兵面面相觑后一起编造了一个谎言。

"这是怎么回事？"离桢拿起了床边火红的花。

"给您治病的那个名医晴空，她可能对您……"

"现在不是谈论儿女情长的时候。"离桢转着三天后依然红艳的花说。

"将军，晴空可是名医，医术高超，心地善良……"

"现在我国与邻国有矛盾，你们几个王八蛋却在这里苟且偷生，像什么样子！不仅苟且偷生，还谈论儿女情长！"

"将军息怒，小的知道错了。"几名照顾离桢的士兵半跪下来说。

"离镜呢？这个野种哪去了？"

几名士兵缄口不言，只是默默低下了头。离桢似乎知道了什么，突然感到世界一片空白，接着是还没缓过神的呐喊："说啊！"

几个士兵还是缄口不言，其中一个士兵息事宁人地说："将军，您伤刚好，不宜动怒。"

"说话！一群王八蛋！"离桢站起来掐住两个士兵的喉咙，把他们按在墙上。

"将军，这……"

"别说那些话了，说离镜在哪？"

"离镜前天和朝云打仗，昨天他……"

离桢知道了弟弟的结局，猛地松开了手，两个士兵像石头一样落在地上。

"谁干的？"

"朝云国将军海盏。"

离桢拿起墙上的剑，走出了房间。火红的花在一瞬间枯萎凋零。

第九章　凯旋

1

离桢跨上了马，带着几百士兵，向碧云台的方向奔去。

"今日只能成功，不能失败，逃兵斩立决！"

"是，将军！"

千军万马呼啸而过的声音回荡在金乌的上空。

前方就是碧云台，只是已经没有了往日"无主之地"的模样。碧云台石门前插着的朝云国白云旗，在狂风中飞扬，猛烈地宣示着主权。离桢想到弟弟就死在这面飞扬的敌国旗帜之后，握紧了剑，缓缓下了马，把内心的怒火隐匿于每一个动作中。

双方开始了猛烈的激战。金乌的军队很快以压倒性的优势占了上风，而朝云的将士则所剩无几。

"朝云国将军海盏，出来决斗！"离桢把剑指向城门，燃烧的怒火却通过平静的声音说了出来。

没有回应。

"开炮！"离桢一声令下，几枚火炮坠入碧云台。在硝烟之中，冲出了一个拿着剑的人，是海盏。

狂风像吹动白云旗那样吹动海盏的发带。这是个勇武的少年，却全无离桢的狂野之气。

"我答应和你决斗，但是绝不能使诈。"

"你最终还是出来了，还是怕了。"

"我没想到你还活着。我不是怕了，我不能让战士们死于炮火。"

"来吧。"

离桢和海盏打斗起来。离桢推不开海盏的剑，海盏也刺不中离桢，两人此刻比起"敌人"，更像是"双生"，都为武将，难分胜负，却身处两极，互不交融。

一直到黑夜，都没有分出胜负。双方观战的战士早已疲倦，厌倦了纷争，厌倦了对土地的执念。

然而，他们的心中有各自的国家，供奉着各自的神明，坚守着对土地的执念。

这是一场停止不了的战争，但却注定要分出胜负。碧云台的城墙上射下了一支箭，正中海盏的手臂。离桢看到海盏失势，将剑刺入了他的胸膛。

"请把我运回朝云国的彩云河边，我想在死后回到故乡。"海盏眼中的光芒渐渐黯淡，阴云笼罩了他的目光。

"别想，你杀了我弟弟，你死有余辜。"离桢把剑刺得更深了。

海盏的头慢慢垂下，满脸的斗志终化为平静的柔情，仿佛他面对的不是敌人，而是故乡大河旁母亲的呼唤。

离桢从不害怕强势的敌人，却对海盏死后的平静望而生畏。他看到了自己生命的短暂和最终的寂灭，他甚至觉得自己的寂灭不会这样平静，一定是挣扎着的狰狞样貌。

他一脚踩上了海盏的胸膛，以粗蛮的行动证明自己完全战胜了敌人，再把剑狠狠地拔出他的胸膛，猛踩了几脚壮胆后，剥下了他的铠甲，再把他一脚踢开。

"用马把他拖几圈，然后扔在野狗多的地方喂狗。"离桢妄想着用强力的践踏缓解内心的恐惧。他明白，作为武将，不允许有恐惧。

碧云台从这一刻起属于金乌。

2

第二天清晨，金乌大开国门，全国的百姓站在道路两旁欢迎离桢的军队凯旋。离桢和几个士兵骑着马穿过人山人海，来到了嚣尘的皇座前。

"壮士们昨日帮金乌开疆辟土，该当封赏。"嚣尘喝着杯中的美酒说。

"不敢不敢。"

"碧云台现在怎样？"

"已是金乌疆土。"

"海盏呢？"

"被我杀了，我命手下拖行三圈。"

"也好也好。离桢，今日赏你万钱。"

"谢主隆恩。"

"退下吧。"嚣尘一甩衣袖，示意这位将军退下。

离桢对着国王深深一拜后，骑上马离开皇宫。

3

回营的道路上满是夹道欢迎的人们，他们挥舞着金乌的旗帜，高声赞颂着离桢打下碧云台的英雄事迹。离桢感到自己是独立的中心，而近在眼前的人们并不和他同一个世界，只是能听到他们苍白又无关的呼喊。

在一条荒无人烟的乡间小道上，离桢看到了迎面走来的晴空。她手里拿着一只篮子，里面装着青色的药瓶，覆盖在白色的纱布下。

"那朵花是你留下的吧？"离桢问。

"是的。"

"那种生活，你不会喜欢的。"

"为什么？"

"我过着出生入死的生活，甚至不是能长留人世的人。"

"你驰骋疆场，也经常受伤，需要医治。"

"去找其他人吧。"

晴空怅然若失地看着离桢绝尘而去的背影。

4

在军营前等待他的，是尚为孩童的朝玄。那是一种蒙昧的等待，他不知道自己为何在军营前，对于太阳神和国家的理解也是一知半解。营地对他的吸引，或许只是骨子里对于战争的渴望。

"你这个孩子，知道等我了？"离桢把自己为数不多的温柔给了这个被称为下一任祭司的孩子。

"大哥哥，你去干什么了？"朝玄抬起头问他。

"去打仗。"

"为什么我不能跟着去？"

"打仗是会死人的，你是下一任祭司，是要负责祭祀的。"

"祭司做什么？"

"和你爸爸一样。"

朝玄似懂非懂地点了点头。

"你可是金乌的栋梁。"

朝玄依然点头，离桢对此颇为满意，没有什么比这种幼小的顺服更让人心安。

5

离桢再也没见过晴空。在人们的口口相传中，事情是这样的：

那是一个阴天，晴空去几十里以外的荒山采药。那天，山间云雾缭绕。一伙山贼伺机而动。传闻中，几个山贼拦住了晴空。可是行医救人，也并非家藏万贯。山贼只能抢药，可是在千里之外，正有人急需药材。在与山贼的争斗中，晴空从高高的山崖上坠落。金乌国内纷纷建起了药神庙，以人们心中的幻想祭奠着又延续着她的生命，可她依旧杳无音信。

第十章　复生

1

离桢望着眼前的海盏，他从未想到还能见到死去的他，更从未想到他能看到自己落魄的样子。

"你怎么在这里?"

"当时我死后，你命令你的部下把我扔进青枫林，你忘了吗?"

"然后呢，你又是怎么复活的? 璧海不是一向厌恶人类吗?"

"是的，可是也有例外。"

"我们现在能这样谈话我真觉得不可思议。"

"我不再是朝云国的将军，你现在也不算金乌的将军了吧。"

"你为什么在这里?"

"这与你无关，不过朝云国的将士们因你而死。"说着，海盏拔出了剑，而离桢却没有躲过这一剑。

"离镜的事我还没找你报仇呢。"

"你的弟弟就在我这。"海盏拉开帘子，帘子下是一位清秀的少年。

"离镜！"

离镜向离桢走来，全无之前征战沙场的气息，而是带着书卷气。

"你怎么变成这副模样了，还和那个家伙在一起？"离桢对离镜野性的褪去感到不满。

"哥哥，今日非往昔。"

"离镜，你还是个士兵吗？"

"哥哥，有一天你也会懂的，从来就没有过羲和。"

"你说什么？"

"哥哥，别生气了，我想告诉你后来的故事。"

"讲。"

2

碧云台之战后，返乡之前，为了凸显战争的胜利和金乌国战士的勇猛，以及心中大仇已报的快感，离桢决定狠狠地羞辱一把逝去的海盏。驾着马车把海盏拖了三圈的士兵恭恭敬敬地向离桢汇报。

"仅仅这样，你觉得够了吗？"

"回将军，远远不够。有片无主之地叫青枫林，里面有唯一一间平房，谁进去就会受到终身的诅咒。我们可以把海盏扔进去。"士兵看到了离桢眼里渐渐聚集的阴云，就知晓了答案。

"可他已经死了。"

"正是因为这样，把他扔进去，他绝对会被撕碎。"

"好办法。你们两个，现在去一趟青枫林。"

"将军，这样做，我们怕是会……"另一个士兵说。

"会什么，如果不去，按逃兵处置！"离桢慢慢地拔出剑。

"是，将军。"他们连忙答应下来。离桢善于使用这些戳中人心的刑罚，对于士兵来说，逃兵是最可耻的称呼，强加于自己身上的"逃兵"则是对其存在的抹杀。

两个士兵骑上马，绝尘而去。马后拖着伤痕累累的海盏。

3

两个士兵来到了青枫林，骑着马进入了这片漆黑的森林。这里杂草丛生，高大的树木枝叶繁盛遮天蔽日，在这片被浓雾笼罩的无主之地，天空是不存在的。

马蹄踏在泥泞的道路上，四周响彻着不知名的鸟阴森的叫声。这里早已荒废了多年。

"你怎么想到跟将军说这里，现在害得我们只能来这个鬼地方。"

"不处置一下，将军怎么满意？"

"来这里，遭殃的是我们。"

"我们只能这样，不然将军心头之恨难解。"

在他们的争吵中，那间平房已然在他们眼前。平房还是几百年前的模样，只是已饱经风霜，上面的青瓦差不多掉了一半，墙上的红漆也褪了色，看不出什么颜色，很难想象这样一间房子通向令人闻风丧胆的璧海所在的青枫国。

"就是这里了。"士兵下了马，拎起满身泥泞的海盏，向平房难以关紧的大门扔去，然后上了马，猛地用皮鞭抽马。马迅速飞奔着离开了。

巨大的动静惊动了璧海。他从屏障后飞出，以冷峻无情的声音念道："愚蠢的人类，你擅闯神的领地，你将……"

他以他永恒的目光看着早已死去的海盏，看到了毁灭的具象，而自己是站在毁灭对立面的永恒。他第一次仔细地端详一个闯入者，却在永恒的静止中看到了被禁锢着的生机，在他满身的泥泞中看到了坚毅的纯真。他向来睥睨人世，却初次为一个人类的无畏动容。

"再生！"璧海拔出青凤剑。这把剑向来所向披靡，从未有无法达成之事。海盏慢慢睁开了眼睛，看到了璧海，却丝毫没有想到他就是那个在人间令人闻风丧胆的恶神，反而觉得他气质绝尘，超凡脱俗，绝不属于人间。

"这里是？"

"青枫林。"

"你是？"

"璧海。"

璧海的名字让刚刚重返人间的海盏突然清醒，但眼前的璧海似乎并不是人们所说的那个乐于诅咒的璧海。

"你为什么进入这里？"

"我不知道。"

"你是？"

"朝云国将军海盏。"

"你想你的故国吗？"

"请让我回去，原谅我的冒昧闯入。"

"你回不去了。你是复活之人，只能在青枫存活。"

海盏想起了自己的故国，想起了故国繁花似锦的春日，正是因为漫山遍野的花朵，被历代文人比作朝云，才得名朝云国；想起了金戈铁马的征战，在战争中，朝云国得以留存；想起了"彩云盛日"，全国的百姓围绕在祭坛旁齐齐下跪祭拜朝云国的神云意。

"青竹宫里有青云台，可以瞭望整个人间。"璧海看出了海盏的眷恋。

海盏这才稍微放下心来，但依然犹豫不定。可当他还没回过神，如海水一般碧蓝的青竹宫已经矗立在眼前，那是与人间截然不同的世界。

4

"发生了什么?"青竹宫里，璧海问海盏。

海盏说出了战争的过程和结局，然后以最虔诚的语气对璧海说:"我有一事相求。"

"什么事?"

"我想见朝云国的神云意。"

"没有云意。"

"他是朝云国的神，你也是神，你一定知道。"

"没有云意。"

海盏感到一个世界的崩塌。如果没有云意，国王的地位就不存在天意，国王令下的各种牺牲就毫无意义，他的存在也是虚空。

"只要人们坚信，存在与否并不重要。"璧海说。

5

听了海盏的叙述，离桢转身离去。他被囚禁于青竹宫，而往日的敌人成为青枫国的将领，一切都令人诧异而又合情合理地发展着。

"离镜，你过来。"离桢说。

离镜面对久别重逢的哥哥竟不知所措，海盏却示意离镜跟着离桢离开。

"你怎么和他在一起! 那是你的仇人，也是金乌的仇人。"

离镜竟说不出话来。对于这样的重逢，他竟毫无欢喜。

"当时我为你报了仇，你却不领情，还和敌人在一起。"

"哥哥，那场战争，只不过是……"

"是什么，你连这场战争对金乌意味着什么都忘了吗?"

"那场战争，不该存在。"

"离镜，你在这里过上了好生活，还和敌人在一块，而我只不过是个奴隶，以后我们没有关系。"离桢因极度的失望扑灭了熊熊燃烧的怒火。

"离桢，作为敌人，我们做个了断吧。"海盏说。

"那已经是过去的事了。"离镜说。

"哪怕是再久远的事，我都不会忘记，在多年前的那几个早上，很多朝云的将士死于碧云台。"海盏又想起了很久之前的碧云台。

第十一章　夜游

1

朝玄在船上，对金乌的牵挂一秒也没有断过。他的思绪绕过老师吟诵的诗句，向遥远的金乌飞去，却发现记忆所到达的故土早已模糊不清。

"你想家吗？或者说，你想念故乡吗？"朝玄的心不在焉让他忘了话语的合理性。

"你是说金乌？那个地方和我无关。"逐月并没有愤怒。朝玄发现，自从到了青云殿，他早已不像从前那样易怒。

"今天晚上有夜市。"一旁的木音看了眼老师，确认他正沉浸在古老的诗句中，才敢小声和朝玄说。

"不想去。"朝玄害怕暴露了身份，不敢出青云殿半步。

"一年才一次，你们都不去？"月曜不以为然地说。

"今晚有什么？"逐月问。他似乎并不害怕人们以为注定落在他身上的结局。

"今晚杂技团来了，戏班也来了。"木音说。

"还有夜市上的吃的。"月曜想起了去年夜市上在路边一字排开的摊位和炊烟笼罩的街头。

"今晚我要温习先生的功课，就不去了。"朝玄惊叹于逐月的无惧，可这种勇敢则毫无疑问会置他于危险之地。

"为什么不去，这里我人生地不熟。"逐月看似平静地对朝玄说。

朝玄只感觉在这样的平静之下，汹涌的波涛早已从遥远的天边袭来。他想到，他被世界抛弃，被故国抛弃，连属于自己的三分魂魄都在逐月那里。他恨自己当时为什么不能试着说出真相，也许能获得故国的宽恕；可如今，他真正是一个失去姓名的流亡者了。

"天天在书院里，不闷吗？"木音问。

"真是爱学习。听我们老师讲课，我都要睡着了。"

"他家道中落，不免会失落，也没心情出游。"逐月一本正经地说。

朝玄知道，逐月没有说谎——他以安全的形式，说出了半个事实；而自己再也不会有回到故国的那天。

2

那晚是一年一度的夜市。即使从遥远的地方，也能看到云都在一片晦暗中闪着烟火。那是被称为人间烟火的光亮，光亮中萦绕着炊烟。那时还没有亮如白昼的黑夜，云都的夜市就成了整个夜色中的明灯。

流昭在昭世殿的顶楼望向人间，只见人间黑暗一片，唯有云都今夜灯火长明。流昭虽掌管人间轮回，可人间对他而言依然属于遥远的异乡。提起"生死离别"，人间的人们总是善于联想，但对于流昭，那只不过是生死册上的文字，是永远与他无关的事。在云都明亮的灯火和喧闹的声音中，他看到了自己的孤独。

他飞向了黑暗中那片闪耀着的烟火之地。

他看见了站在路旁的杂技艺人，他们站成一排，却各自表演。一个穿着杂乱彩色衣服的艺人，同时抛着几个色彩鲜艳的绣球，却从不让它们落地；站在他旁边的少女，穿着火红的衣裙，头顶着瓷碗，飞速地旋转着；还有踩着高跷的队伍，热烈地跳着奔放的舞蹈。

周围围着前来观赏的人们。他们看得入了迷，时不时发出响亮的叫好声，没有人注意到从天而降的流昭。

人间的热闹，和他无关。

迎面走来了四个少年，他们都是那天他看到的青云殿中的学生。他的目光停留在逐月身上，发觉他的命运有被改过的迹象。这是对规律的违反，他在所难容。

"你的命运有被改过的痕迹。"流昭对迎面走来的逐月说。

"哪来的疯子，敢拦我！我家可是数一数二的富贵人家。"逐月昂起头对流昭说。

"改掉命运，这是大忌。"流昭并不理会逐月装作傲慢的威胁。

朝玄在心里暗暗佩服逐月伪装的能力，明明生下来就注定了是奴隶，却在装作纨绔子弟时镇定自若。

逐月一把推开流昭，向前走去。

"他是谁？"月曜问。

"一个疯子。"

"这种集市上，什么人都有。"木音并没有把刚刚发生的事当作大事。

"一会儿戏就要开演了，快点。"逐月催着他们。

他们向戏台的方向奔去。

3

戏台搭在街边的庭院内。庭院原本就是戏院，只是常年荒废，只有一年一度的夜会，才能将这广阔无人的院子唤醒。那夜的戏台边围满了人，或许是整个云都的人。因为戏班大多时间都在云都演出，因此得名"云都戏"。

"云都戏都演些什么？"逐月看着围着戏台里三层外三层的人，依然不清楚要演什么剧目。

"都很无聊的。"月曜不以为然地说。

"那为什么还要过来看？"逐月问。

"你和学仆初到云都，对云都很多事都不了解。"月曜耀武扬威地说。

"是你自己想看吧！反正平时无聊，有剧看也挺好。"朝玄反驳着月曜。

"别吵，马上就要开始了。"木音说。

4

喜庆的音乐配着欢乐的情节在小小的舞台上上演。在一片寂静声中，逐月却欲哭无泪。舞台上上演的，不过是小小家庭中的日常琐事，不过是姐姐给妹妹穿上妈妈新做的衣服，妈妈给一家烧饭，哥哥和弟弟玩耍。前来观戏的人们很快就走了大半。逐月只是望着舞台上的一幕幕，只有他一个人望着平庸的戏剧出神。要什么王侯将相，要什么冒险他乡，在故乡做个凡夫俗子，享受天伦之乐，才是人间幸事。

而他是天生的奴隶，是没有名字的流亡者，是云都的异乡人。

幸福稳定，或者说，平凡无奇的生活与他无关。如同深陷泥沼，他却向往着远方的曙光。于是他趁月曜、木音和朝玄不备，逆着人群逃到了荒废的后院。

"你的命运被改过。"背后响起了一个平静而柔和的声音，却充满着压迫感。

逐月回过头，看到了刚才在街上遇到的流昭。他看起来平静到完全不起波澜，只有当夜里从无人之地大胆呼啸而过的晚风吹动他的衣襟时，才使人感到几分生机。只是这次生机的对面不是衰败，而是屹然不动的长久存在，那不是与死的对立，而是在有限的时间内蓬勃向上的生。

"你这疯子怎么又来了，还不给我滚开！"逐月故作一副目中无人的样子。

"演技不错。"流昭早已知晓了逐月，只是逐月还不知道他神的身份。

"滚！"

"你不是云都的大户人家子弟，你是逐月，金乌祭品芊眠的弟弟。"

"你是谁？"

"昭世殿的流昭。"

逐月这才想起先生课上讲的昭世殿和流昭，在自己眼前的是掌管命运和轮回的神——流昭。

"为什么要离开昭世殿？"

"昭世殿太寂寞了。"

"我能否跟随你去昭世殿，作为一个道歉。"

"凡人不能踏入昭世殿。你的命运是璧海改的，那是世间第一恶神，再有第二次，你的灵魂将被打入万魔窟。"流昭虽以这样的狠话威胁，却不见有半分恶毒，似乎这些诅咒的内容都没有实际的意义。

"为什么不能改变命运？"

"这是昭世殿的规定。"

"为什么有这样的规定？"

"一直如此。"

"一直如此，就对吗？"

"璧海还送了你一把剑，不要再用它，否则以你改变命运惩处。"

逐月没有作答，流昭也不愿纠缠，飞上了天空。

5

待到戏台的喧嚣停止后，逐月才回来。戏台空空荡荡，刚刚建立起的戏台之上的王国无影无踪。逐月在这里感到了悄无声息的毁灭。

"你刚刚到哪了？"月曜有些愠怒。

"刚刚人多，迷路了。"

"你们知道吗？邻国金乌，祭品的弟弟逐月在祭坛上夺走了祭品，而祭司直接跑了。"月曜突然提起这件一直悬在逐月心头的事。

"然后呢？"木音问。

"已经在追杀了。"

"追到哪了？"逐月问，他从未想到同班的朋友会知晓邻国的事，并认为真实的自己该死。

"过几天应该就追到云都了。"月曜总是喜欢炫耀各种途径打听来的消息。

"你觉得逐月该死吗？"逐月问。

"当然！君君臣臣父父子子，奴隶就该听从主人的安排，而不是不分尊卑。他作为奴隶逃跑，就是大逆不道，妨碍祭祀，就该天诛地灭。他姐姐能成为祭品是因为人品低下、内心恶毒，但当上了祭品能洗涤她的罪。"

逐月说不出话来——成为祭品是帮他姐姐洗去灵魂深处的罪恶；到达羲和的身边，是无上的光荣；他是失去姓名的流亡者，以完全的虚假真实地活着。

"你也被这样无耻的人震惊了？"月曜看到逐月震惊的样子，忍不住打趣。

"我作为金乌国子民为此羞愧，但我觉得祭司也许有难处。"还没等到逐月回答，朝玄就先接了话头。

"他能有什么难处？"木音不以为然地问。

"那个蠢货啊。"逐月装作置身事外地说。

"我之前听说逐月很早以前就死了。"木音说。

"当时他坠河，人们都以为他死了，可那天跑出来的只可能是他了，祭品家除了芊眠就是他。"月曜说。

"还要再逛吗？这么晚了。"朝玄转换话题说。

"还没吃夜宵呢。"木音走出了空荡的戏园。

他们跟随木音一起走出戏园，已是午夜，可今夜却热闹无比。路边摆满了各种摊子，把洁净的街道烤得烟熏火燎。人们拿着烤串，三五成群地聚集在一起，或是坐在街边的长椅上，端着夜宵，围成一团话家常。

"我有点累了，想回去。"逐月说。

"这么好吃，你还走啊。"月曜一把拉住逐月。

"我累了。"

"吃点就不累了。"木音也拉住逐月。

逐月只能留下，时不时装作不经意地看看四周有没有可疑的人。桌上让木音和月曜欣喜若狂的佳肴，却成了眼中把他置于危险之地的毒物。他从未想到这个金乌旁边的小国，早已知晓了他的事迹，而追兵早已在这个国家等候。

"还记得我们去年在清水学堂时先生怎么说的吗？"月曜问木音。

"当然记得。先生说，遇到杯盏交错、友人聚会的时候就要赋诗吟诵。"木音说。

"我先来。灯花灼灼路遥遥，十里长街皎月明。"

"杯盏交错云都会，明日离散夜夜心。"

"阴晴圆缺似江月，悲欢离合恨红尘。"

"逐晨，你怎么不接，作为在金乌富甲一方的大家族长子，怎么这都不参与？"木音问。

"我这样的纨绔子弟，怎么可能认真读书？"

"对诗只有两个人多没意思。"

"对诗多没意思，我只喜欢游山玩水，夜夜春宵。"逐月喜欢摆出一副纨绔子弟的样子，开始时青云殿里并无人相信，甚至没人听过逐月现编的家族，可逐月以秘密家族的借口和一副游手好闲的样子慢慢地让所有人都对他坚信不疑。

"你们那样的大家族，家族长不管你，你父亲也该管你吧？"木音说。

逐月一愣，他想起了自己的父亲。他早已死去，不，那甚至不能以"死"来称谓，也更配不上"生"。作为奴隶，他永远配不上这样宏大的形容。连他自己都是跑出一段距离后跳入被称为"夺命河"的深河才被放过的。父亲的模样已经模糊不清，他只依稀记得一个高瘦的男子在烈日之下耕地的样子，其他的都不记得了。

"我父亲总是说人生苦多乐少，人生在世就要积极享乐。"逐月极力掩盖自己的伤悲，可他自己都知道这是假到不能再假的谎言。他的记忆里鲜有父亲，只有不能暴露在阳光之下的无边黑暗和寒冷。

"你父亲也真是奇怪。"月曜说。

"我们大家族都这样。"

"那就叫你的学仆来对诗。"

"对什么诗?"

"就写今晚的云都。"

"不用对了,你写吧。"逐月对朝玄说,他的直觉告诉他朝玄一定会出丑。

> 江畔危楼星如柳,碧空迢迢江月遥。
>
> 玉马雕车春意闹,雪柳金竹度碧霄。
>
> 碧落银辉绿水绕,千里星灼送波涛。
>
> 浮生漫漫春宵短,红尘潇潇余恨长。
>
> 去年柳下初见君,寒烟深处千树花。
>
> 今宵灯花月初上,无觅人间断瑶台。
>
> 惘然何年又见君,花再回树水西流。

朝玄看着热闹的街景,想起了永不到达的故乡。对于一直受璀然诗词教育的朝玄来说,写出一首诗并不是难事。

"暮白,你是爱上谁了?"逐月挑衅般的问朝玄。

"不是谁。"朝玄想起的,是任何一个个人承担起来都显得无比单薄的意象,那是再也回不去的金乌。

第十二章　山兽

1

芊眠早已在远亲的家里收到了逐月的来信，也深知青云殿是安全之地，但她的心还是悬着。不能出去的地方广义上皆为牢狱，而逐月则远在他乡的青云殿里——青云殿外满是追兵。

"怎么了？有什么心事？"远亲小姨看出了芊眠的忐忑。

"弟弟还在青云殿。"

"那里很安全。"

"可离这很远。"

"他从小没上过学，现在应该是想体验一下，很快就会回来的。"小姨虽这么说，心里也是焦躁不安。

"小姨，逃离是对的吗？"

"我收留你们，并不是因为你们做得对，而是我不忍心你们受苦。"

芊眠感到了彻骨的寒冷。在金乌乃至世界，她的存在是卑微，是罪恶。

"小姨，你会告诉追兵吗？"

小姨的嘴角浮现出一丝苦笑，随即又是充满爱意地安慰道："小姨会保护你的，但是别乱跑，追兵会发现的。"

"我不乱跑。"芊眠意识到自己的处境只能是被禁锢，是永远不能出现在阳光下的阴影。

她想起她来到小姨家的时候，怀着忐忑敲了敲门，开门的是一个慈眉善目的中年女人。

"请问你是？"

"我是……"芊眠一时不知道怎么解释。

"先进来吧。"

芊眠走了进来，虽然里面无比简陋，但，这是家的样子。

"我是逐月的姐姐。"

"是你啊，以后叫我小姨就好。"从那天起，她有了一个亲缘很远的小姨。小姨和她是远亲，是好多代前的亲戚，可是为人善良。那次逐月逃离主人家后，找到了小姨家。小姨看到烈日下精疲力竭的逐月，立马开了门。

"累了吧，进来休息吧。"

逐月抬头就看到了慈眉善目的小姨，又看了看位置，再看了看有些破败的房子，确定这里就是远亲的家。

"我找你好久了。"

"请问你是哪位？"

"说来也很远了，还记得江祖吗？"

"你是？"

"那是我们的祖先，只是，时间很长了。如今，他的一支后代却在做着奴隶。我是逃出来的，我的姐姐还在里面。"说着，逐月拿出了早已泛黄、破破烂烂的家谱。

"可是，我不知道怎么帮得上你们。"

"我负责救出姐姐，她一定会来的。"

2

璧海在预示镜前看着整个人间。虽是远眺全景，但依然是一派
安宁——庭院和楼房错落有致，野外满是赏景的游人，集市路边摆
满的木制推车闪着波光，最为安静宁和的地方就是云都。前几日云
都才开过一年一度的夜市，直至今日夜市带来的热闹与欢乐的氛围
依然没有散去。

然而璧海厌恶人世的安宁，先前他就诅咒每一个闯入青枫林的
人；而厌恶却没有随着诅咒消亡，而是愈演愈烈。他厌恶人们的浅
薄，厌恶人们的无措，更加厌恶他们的安宁。就连对逐月，他也只
是好奇，而绝非同情；对于海盏，也是从动容到睥睨。春日里一派
祥和的景致在穿过预示镜到达青竹宫后，像一把利剑那样冲破了他
对于"天行有常"的敬畏。

"山兽还在地牢里吗？"璧海问一旁的护卫。

"殿下，还在。"护卫半跪下来说。

"把它放出来。"

"殿下，那可是帝君封印的凶兽。"

"把他放到人间的云都。"

"可帝君当时……"

"他不会知道，让你去你就去。"璧海的平静中总是藏着绝对的
强权。护卫对璧海拜了一拜，转身去了地牢。

璧海看着预示镜上依然平静的云都，想着棕色古朴的酒楼、庭
院间盛开的火红花朵、热闹密集的集市，即将要被山兽的到来毁灭
殆尽。他感到愈发移不开眼，想象着庭院的花朵凋落一地，酒楼成

了破碎的木板，集市沦为一片废墟，"毁灭"被分为紧紧连着的几个瞬间。

3

流昭在昭世殿里，批着一本本生死册，人间悲欢离合向来与他无关，可此时他却觉得昭世殿冷冷清清。他从几千年前还是个小仙的时候，就决心有朝一日要来昭世殿掌管人间轮回。可现在真的要掌管五千年昭世殿了，却感到无比寂寞。人的生命虽短暂，但悲欢离合，起起落落，都有经历；唯独广大而冷清的昭世殿，只有他一个仙，每天看着生死册上的人生，却对上面的内容一知半解，这样的生活还有五千年。

忽然听到了一声巨响和嘶哑的怒吼，他想起了山兽，可是山兽一千年前已经被璧霖封印，今日又是怎样逃出地牢的？他看了一眼人间，一头巨兽出现在云都，它嘶吼着奔跑，撞断了路旁一棵棵花树。

昭世殿的柱子轰然倒塌。柱子里飞出了一个身着碧蓝色铠甲的仙，把手中碧蓝的戟指向流昭。

"你是东君吧？"流昭想起了当时璧霖封印山兽时，把武将东君也一并封印了，只是并不知道就封印在昭世殿的柱子里。

"你是谁？"东君没有一丝友善。

"昭世殿新主，流昭。"

"山兽被放出来了。"东君这才放下了戟。

"就在云都。"

东君从窗子出去，飞向青枫国的方向。

"你要去哪？"

"要告诉陛下。"

流昭看了眼云都，心想等他报告璧霖的时候，恐怕整个云都已成为荒地。

4

山兽来临的消息传遍了整个云都。人们依旧记得传说中山兽的可怕模样——那是一只虎头鸟嘴的兽，背上披着火红的毛，八只脚在地上狂奔。

那个早晨风和日丽，就像之前每年都会到来的春日那样。

"山兽来了——"从门前传来一声恐惧的叫喊猝不及防地宣告了春日的险境。

整个青云殿乱作一团，伴随着东倒西塌的声音，人们尖叫着四处逃窜。

"走，我们去看看。"月曜对木音说。

"现在危险。"木音一把拉住月曜，不让他上前。

"现在云都有危险，我应该站出来。"月曜握紧手中的剑说。

"别去。"

"你在这等着。"月曜一把推开木音，向门口跑去。

木音则飞奔上楼，从寝室的床底拿出祖传的刀，飞奔出了门，却发现已经不见月曜的踪影。

"月曜是不是已经出去了？"木音问迎面走来的逐月。

"刚刚就出去了。"

木音一把推开门绝尘而去，身后是慌乱而吵闹的青云殿。

"听说山兽来了。"朝玄说。

"然后月曜出去了，木音也出去了。"逐月看起来无比平静。在早已乱作一团的青云殿内，只有他成了唯一的静物。

"你怎么这么平静？"朝玄对逐月的冷漠感到诧异和不悦。

"他们出去了，少了两个潜在的敌人。"

朝玄知道逐月对此不会有行动，于是冲上高楼的寝室。他本想找逐月从璧海那里拿来的青凤剑，可翻箱倒柜都找不到那把剑，于是他只能把柜子里木音那根祖传的擀面杖拿了出来，下楼却遇到了堵在楼梯口的逐月。

"去吧，不拦你。"逐月冷淡地说。

"你怎么在这？"

"看看他们乱成什么样。"

"逐月，我可能回不来了。"

"关我什么事。"说着逐月头也不回地走进了寝室。

朝玄一路跑到门口，推开门就看到了在路口与山兽搏斗的月曜和木音。与其说是搏斗，不如说是被山兽实力碾压，一边跑一边负隅顽抗。

"大家不要恐慌，青云殿是圣地，妖物不敢进来。"千里老师徐徐走来。他是青云殿较为年长的老师，平日深居简出，此时出现，稳住了青云殿内的不安。

朝玄没有回到青云殿，而是握着木音家祖传的擀面杖，向着山兽奔去。

"你来干什么？"月曜边跑边对朝玄说。

"我来引开它。"朝玄用擀面杖猛击山兽，却发现它并无痛感，而是一口咬住了自己。

月曜拔了山兽背上一根毛。这激怒了山兽，它最珍惜的就是背上的红毛。它嘶吼着向月曜追来，月曜向远处跑去。

"朝玄，快走，我来引开它。"月曜边跑边喊。

"不行，你就一个人。"朝玄追了上去。

月曜奔去的方向是云都人烟稀少的荒野，一路上几座低矮的酒楼，已被山兽撞出一个个洞。不知跑了多久，终于不见了房屋的踪影，只有荒草和开裂的土地。

前方是个山洞，月曜跑进了山洞，山兽也跑了进去。

"他跑进去了。"木音不敢置信。

"追。"朝玄跟着跑进了山洞。

山洞里空空荡荡，晦暗无光，只能听见山兽嘶哑的吼声。朝玄摸着岩石，朝声音发出的地方走去。

5

东君在距青枫国几里的地方被海盏拦住。海盏穿着青枫国水蓝的盔甲，握着长剑；而东君甚至不知道海盏是谁，代表的又是谁。他在昭世殿的柱子里沉睡了太久。

"你不能过去。"海盏把长剑指向东君。

"你又是谁？"东君一把握住了海盏的长剑。

"青枫国太子护卫队长海盏。"

"青枫国什么时候多出了你？"

"离开这里。"

海盏和东君开始了搏斗。东君毕竟是震威青枫的武神，而海盏只是武艺高强的人类，很快就败下阵来。

东君飞到了青竹宫的主宫殿，拜见了青枫国国王璧霖。在他进来的时候，璧霖就已经知道发生了什么。

"陛下，山兽被放出来了。"东君半跪下来说。

"在哪？"璧霖故作镇定地说。

"人间云都。"

璧霖放下心来。与璧海一样，璧霖也厌恶人类，但碍于一国之君的身份，他并不能直言。

"谁放走的？"

"是太子。"

璧霖并不感到震惊。他一直都知晓璧海桀骜不驯的性格，但这次他想给璧海个惩罚。

"把它抓回来。"

"是。"

东君在对璧霖一拜后，飞离青竹宫去往云都。

6

黑暗中，朝玄看到了两只凶狠的绿色眼睛越来越近，是山兽。它如同发狂一般奔向朝玄，朝玄却发现自己已经在山洞的尽头。

它疯狂地撕咬着朝玄，朝玄用手中的擀面杖击打它。擀面杖成了两段，而山兽毫发无损。

"接着!"黑暗中响起了一个声音，是木音。

朝玄接住了刀。可这人人都要躲着的利刃，对山兽一点用都没有，很快它就碎成了两半。

山兽的撕咬没有停止，反而愈演愈烈。朝玄觉得今天可能再也回不去了，再也不可能回到金乌，回到梦中的家乡。他觉得黑暗很快就要笼罩他，就如同山洞的黑暗一般，只是那样的黑暗是逃不出的。

他突然看到了一点光亮，是手提灯的光芒。他看到一个身影，握着一把剑，提着一盏灯。

直到走到近处，朝玄才发现来的人是逐月。逐月用青凤剑砍了山兽，山兽后退几步，血从伤口中如小溪般流出。

逐月上前护在了朝玄前面。山兽身上的伤很快就痊愈了，再次扑过来。

"快跑!"逐月对朝玄说。

"我不走。"朝玄坚定地说。

"你都伤成这样了。"

"木音和月曜还在这里。"

"逐晨，你来啦。"躲在岩石后面的木音对逐月说。

逐月没有回答他，而是和山兽搏斗。他这才发现璧海所说的战无不胜的青凤剑或许对这样的凶兽不起作用。

"你走，带上他们一起。"逐月说。

"你怎么办？"

"我能打败它。"

像刚刚的朝玄一样，逐月也看到了光亮，那是戟在黑暗中的光亮。

7

"殿下，您的信。"宫仆传来的是璧霖的诏书。

璧海接过诏书，匆匆扫了一眼后，诏书掉落在地。他从未想到被封印的东君已和山兽融为一体，虽然看不见山兽，却知晓山兽的一举一动；更没想到这次父亲想废除他的太子之位。如果他不是未来的王，那未来的王就是姐姐寒秋。

"殿下，东君已经进来了。"璧海看到了遍体鳞伤的海盏走了进来。

"你打败了？"

"殿下，是我的错。"海盏半跪下来说。

"你都打败了，还有谁能打？"

"殿下，那个前段时间你抓的奴隶离桢，他的武力远高于我。"

"把他叫过来。"璧海对宫仆说。

宫仆很快带着离桢过来。若不是坚定隐忍的神态，已然看不出他曾是一位战无不胜的将军。

"你帮我做件事，你就可以获得自由。"

"我要是不做呢？"

"那你就会魂飞魄散，再也见不到羲和了。"

"我已忠于殿下。"

"那么就去收服山兽。"

"山兽？在哪？"离桢对山兽早有耳闻。

"就在人间的云都，去吧。"

离桢还未答应，却发现自己已经身处晦暗的洞穴，只能看到山兽那双阴森的绿眼睛。与之搏斗的是东君，只是随着时间推移，山兽更加凶猛，东君也不再是它的对手。

离桢回过头，看到了地上的手提灯。手提灯微弱的光，照映着朝玄苍白的脸。

"朝玄，你怎么在这？"离桢问。

"别喊我朝玄。"朝玄拿起手提灯，看到月曜和木音都晕倒在地，才稍稍放了心。

"你旁边的就是逐月吧。"离桢在隐约中看到了逐月。他看到了一双和那天的蒙面人一样的眼睛，他确认这就是逐月。

"我是逐晨，你认错了。"逐月压住内心的慌张，装作若无其事地对离桢说。

"这可是你唯一摆脱奴隶身份的机会。"黑暗中，响起了璧海的声音。

璧海一把拿走了逐月身边的青凤剑，将一把普通的剑递给了离桢。离桢接过剑，与东君一起与山兽搏斗。山兽嘶吼着奔跑，然而无论是剑是戟都无法伤害山兽，它的伤口很快就能恢复如初。

璧海见离桢和东君都无法战胜山兽，于是凌空飞起，拔出青凤剑。青凤剑剑锋上延伸出一张碧蓝的光束网，把山兽收入网中。

离桢见璧海收服了山兽，就想着抓住逐月和朝玄。可逐月和朝玄早已不在原地，离桢拿起地上的手提灯，找寻他们。

朝玄和逐月躲在乱石林里，灯只能照到前面高耸的岩石。本以为能躲过去，可逐月腰间的玉佩却在打斗中有了裂痕，这时不合时宜地掉落在岩石上，发出清脆的响声。

远处山兽的吼叫并没有遮住这声响动，离桢多年的战争经验让他朝乱石林飞奔而去，立马找到了逐月和朝玄。

"我们不是朋友吗？"朝玄不敢相信眼前这个凶猛的人就是从小陪他玩、把他当作金乌未来的离桢。

"你在祭典上放走祭品，又在禁闭期间逃离，现在又和逐月在一起，你不该杀，谁该杀？"离桢嘶吼着把剑刺向朝玄。

逐月在暗中猛然推开离桢，朝玄躲过了这一刀。

"快跑。"逐月对朝玄说。

他们在前面跑，离桢在后面追，可是前面又是尽头了，只有洞里的湖泊。逐月听到了离桢奔跑的脚步声越来越响。

逐月拉着朝玄一起跳下了湖。离桢追到这里，发现他们消失了。他确定他们在湖里。

这时他背后的岩石林轰然倒塌，山兽踏着岩石冲向他。山兽的力量越战越强，他不是山兽的对手。他本想跳入湖泊，可山兽却一口叼住了他。

山兽突然不动了，山洞里出现了一位气质冷清的仙。他穿着浅蓝的衣服，拿着一本生死册和一支毛笔。

"流昭？"刚赶过来的璧海对流昭的到来感到诧异。

"你们都打不过它，我就只能把它写在生死册上。"流昭说。

"山兽是青枫的神兽，你却杀了它。"璧海说。

"神兽还关起来？"

"我青枫国立马就能调动十万大军，占领昭世殿！"

"殿下，流昭说的没错，现在山兽已经不受控制了。"东君说。

璧海没有回应，他知道再冲动就会失去继承权。为了继承皇位的执念，他选择沉默。他一把抓住离桢，消失在了洞穴里。

朝玄和逐月这才上岸。朝玄已经半梦半醒，快要昏过去。

"他走了。"逐月说。

"谢谢你。"朝玄第一次看到这样宁静平和的逐月，之前的仇恨和戾气似乎烟消云散。

"你被吃了，还怎么来赎罪？"

"如果只是为了赎罪，你也可以不来，可你没有。"

"别说话。"在黑暗中，逐月听到了细微的声响。

"又见面了。"流昭对逐月说。

逐月躲在岩石背后，缓缓回过头看到了平静如水、冷若冰霜的流昭。

"伤势挺重。"流昭说。

"昭世君，那时多有得罪。"

"是什么让你去救一个敌人？"流昭的眼神依然不起波澜，既没有愤怒，也没有原谅。

"求昭世君救他。"逐月没有回答流昭，他无从答起。站在当初的立场上，朝玄是猎者，他和芊眠是猎物，他的生活只有隐藏与逃亡。他行刺朝玄，本注定了是胜者，可他却偏偏透过月光的照耀，隐隐地看到了朝玄和他同样的囚禁与踌躇。在这样的异国他乡，他们是仅有的知道彼此名字的流亡者，以绝对的虚假去应对一个虚无的世界。世界上没有暮白，没有那个来自金乌的家道中落的学子，只有见习祭司朝玄；世界上更没有逐晨，没有那个大户人家放荡不羁的纨绔子弟，只有注定背负着罪的逐月。可是这样荒唐的幻象，竟无人识破。他们是彼此的倒影，一个灭亡，另一个就只能独自面对虚假的世界。

"你不愿说就不说了。"

"求昭世君救他。"

"我不能改变命运。"流昭说着，再次消失不见。

透过手提灯微弱的光，逐月看到血液已经染红了山洞崎岖不平的地面，无主之地的绝望更让人绝望。

"暮白、逐晨，你们在山兽出没的时候私自逃出青云殿，罚禁闭一个月！"黑暗的山洞里传来了千里老师庄严而愠怒的声音。

"千里老师，暮白受伤了。"逐月把手提灯给了千里老师。

"养好了伤，一样禁闭。"千里老师毫不留情地说。

"先生，是我们先出来的，为了您平时教导的为民除害。"月曜赶来说。

"一样关，违反了校规就得关起来。"千里老师把灯微弱的光照向月曜，逐月看到了他被撕得满是破洞的衣服，就像披着一层层破布，忍不住笑了出来。

"逐晨、暮白、木音、月曜禁闭两个月！"千里老师更加愤怒。

"我们是为民除害。"

"解释没用，该罚的，不能减轻！"千里威严的震怒的声音在空荡的山洞里回响。

8

那天晚上，芊眠在藏身的低矮平房里梦见了广阔无边的旷野。正是白日，旷野在日光之下以光一般的速度延伸，而阳光却越发耀眼。

在整片旷野被光笼罩后，天空中掠过一个火红的身影，身影身后是金黄火红的太阳。芊眠认出了那是羲和。

"我会因为你而死吗？"芊眠在心里问。

"不，我比任何神明都希望你幸福。"羲和似乎听到了芊眠无声的发问，以温柔而洪亮的声音回应道。

芊眠看到旷野之上的天空渐渐下沉，而太阳也与天空一起下沉，羲和向她伸出手。

似乎世间一切隔阂、一切纷争都在此刻消融。

可是偏偏这时，天空停止了下沉，而羲和化作火红的流星坠入旷野后的山谷。

第十三章　藏月

1

流昭回到了昭世殿。他即使不去想世间之大，哪怕只是昭世殿，都有着无尽的"空"。山兽在生死册上死去，虽然化解了人间灾祸，却让他的生活再次陷入了死寂。他看了看桌上的一本本生死册，就像看到了自己的本源，无论怎样的灵动，怎样的不羁，都是生死册上的寥寥数笔。

门被推开的声音打断了他的思绪，是东君。他像走进自己家那样走入昭世殿。

"你走错了。"流昭对东君说。纵然昭世殿中阒无一人，日月绵长，他也不愿东君这样的粗蛮之辈打扰他平静如死水的生活。

"我就在这里住下了。"东君毫不客气地说。

"青竹宫在那边。"

"我都在这里住了一千年，现在赶我走了？"

"昭世殿易主了。"

"你再这样，别怪我不客气。"这惹怒了东君，他一把举起蓝色的戟，把它架在流昭脖子上。

"我是掌控生死的神，只要我在生死册上写上你的名字，就算你是神，也会灰飞烟灭。"流昭拿起桌上的生死册和毛笔，一改平时的温文尔雅，眼里充满了仇恨与愤怒。

东君手中的戟颤抖了，对于他这样强大又永生的存在，灰飞烟灭是他最恐惧的事。他凭着强大的永生肆意妄为，对璧霖之外的存在毫无顾忌。可眼前这个仙却宣告了他生的尽头。他颤抖着放下了戟，接着又掀翻了桌子，生死册掉落了一地。

"对于我来说，有纸就是生死册。"流昭冷冷地说。

东君手中的戟掉落在地。他在昭世殿似乎看到了另一个璧霖。只是青枫国王璧霖已经抛弃他，因他没有收服山兽，青竹宫对他永远关闭。

"只要你能在昭世殿安分守己，我就不会毁灭你。"流昭拿起掉落在地的戟说。

东君没有回答，径直上了楼。

2

朝玄醒来，已是几天后。他发现自己躺在一个晦暗房间的床上。他并没有清醒过来，甚至不知道自己在青云殿的禁闭病房，这里专门关违反了校规又受了重伤的学生。

"有消息了吗？"朝玄听见窗外有人大声喝道，这个声音他似乎在哪里听过。

"还没有。"

"去青云殿看看。"

"青云殿可是圣地，不能贸然闯入。"

是什么样的人值得他们闯入青云殿这样的圣地，除了自己和逐月还能有谁？朝玄想到这里，突然清醒了。他坐起来，从窗户里看到青云殿门前站着几个穿着金乌军服的人，而那个发问的统领，就是他熟识的艾凡——那个立下赫赫战功的密探。自己离开金乌一段时间，难道他也升官了？

　　"正是因为这样，他们才会躲进青云殿。"

　　"可青云殿是圣地。"

　　"是他们的圣地，不是我们的。我们的圣地是祭坛，却被朝玄和逐月破坏了。"

　　"逐月真是不识抬举！一家有个祭品是件光荣的事，罪恶能被趁早发现，以献祭来洗涤，让太阳神赐福金乌。他却这样抗命，还抢走祭品，弄得人心惶惶，全国都担心太阳神的降罪。还有那个朝玄，一个祭司跑什么跑，把金乌整个风气都带坏了。"

　　"废什么话，今天就进青云殿搜，别人不敢进青云殿，我敢。"

　　"金乌和碧华毕竟是盟国，这样闯入，怕会影响两国关系。"

　　"碧华国王也不会想窝藏这样两个货色的。"

　　朝玄在楼上看着他们。在金乌的时候，他总是觉得艾凡智慧冷静，而今日在他的眼里只能看到冰冷与狂热。艾凡还是艾凡，还是那个次次战斗前都发誓要把自己献给金乌，献给羲和的虔诚战斗者，只是朝玄成了暮白，成了那个没有姓名的人。

　　艾凡上前敲了敲门，开门的是月曜。

　　"你们青云殿，是谁掌管？"

　　"你来干什么？"

　　"那是你们校长的事，他在哪？"

　　"关你什么事？"

　　"我就是这里的校长。"千里老师徐徐走来，面对气势压人的艾凡，他依然不卑不亢，平静如水。

"先生，我是金乌的密探艾凡，朝玄和逐月的事想必先生有所耳闻。"

"我一向两耳不闻窗外事，一心只读圣贤书。是什么事，说来听听。"

"他们是我国的两个重刑犯，希望先生开恩让我们进去搜寻。"

"青云殿是供奉神明之地，一向不进外人。"

"碧华和金乌是故交之国，青云殿的神也一定不会希望我国两个渎神的罪犯在这里。"

"神有灵性，不会让渎神者进入。"千里说着，微微鞠躬后关上了门。

门前只剩下艾凡和几个随从。艾凡拔出剑，准备命令护卫一起闯入青云殿，却被一个随从拉住。

"大人贸然闯入，只怕适得其反。"

艾凡放下了剑，心想青云殿毕竟是圣地，贸然闯入会激怒碧华国王，于是暂时放弃了念头和随从一起离去。

朝玄在楼上目睹了这一切，他明白危险将至。

3

逐月和木音、月曜被关在黑暗无光的禁闭室里。逐月却感到了前所未有的安宁，就像世间的一切都被抹去，回归到世界诞生之前。这样的虚空，绝不同于朝玄在金乌高塔的虚空。

"月曜，第几天了？"被关的几天内，禁闭室都了无声音，木音打破了沉默。

"我哪知道。"

"这什么时候是个头啊。"

"我都忘了外面是什么样子了。"

"还不是因为你偏要出去打什么山兽吗？"

"要志存高远，为国为民。"

"现在倒好，都不知道还有多久才能走出这个鬼地方，每天只能吃稀粥，到哪里实现你的英雄梦？"

"决定做英雄，就要吃得了苦。"

"说得山兽是被你打死的一样。"

"你也没打死山兽。"

"要是我不去，你就被山兽吃了，都是你害我们关禁闭！"

"别吵了，关都已经关了。"逐月只觉得他们的争吵打破了黑暗中的安宁，又回到了喧嚣。

"就是因为关了，才要骂他。"木音带着愤怒说。

"在里面已经够难过了，争吵只会让时间更漫长。不如我们每个人讲个故事，来打发时间。"逐月违心地说。他喜欢沉默着的黑暗，只是争吵让他厌烦。

"好主意。"月曜说。

"都是你搞出来的。"木音依然很不满。

"我先来讲个故事。还记得上课说的流昭吗？"月曜说。

"记得。"逐月说。

"昭世阁的藏书阁中全是生死册，生死册写着人们生死轮回的事，前几世的事都记得很清楚，此外，尚未发生的事也会有零星记录，因为有的事情是命中注定。"

"如果去改掉上面的字呢？"逐月问。

"改掉生死册的事只是前代昭世君时代偶尔发生的事。现在的昭世君是流昭，他是绝对不会让这件事发生的。"

"我遇到过流昭。"逐月想起了他见到流昭的那晚。

"怎么可能！那都是一些招摇撞骗之人，真的流昭在昭世殿里，没事绝不会踏出昭世殿半步。"

"原来是这样。"逐月虽这样说着，但心里清楚自己遇到的是真的流昭，清冷卓绝，毫无情感。

4

朝玄猛敲禁闭室的门，开门的是负责上药的年长他几届的学生。

"怎么了？"那学生问着，却猛地关上了门。

"几天了？"

"八天了。"

"我想去见见逐晨。"

"他也关了禁闭。"

"我有重要的事要和他说。"

"先生说了，两个月后你才能离开这里。"

"我说完就回来。"

"你不能离开这里。"

"是很重要的事。"

"什么事情，我可以帮你传达。"

"不用了。"

"没有先生的命令，没有人能放你出去。"说着，那个学生猛地关上了门，似乎是怕决心不够坚决，会导致他的出逃。

朝玄只觉得昏昏沉沉，似乎是意识到不能出逃的事实，激发了伤口的疼痛，他睡到床上，进入了梦乡。

梦里的空间似乎在一片紫色的云中，地上散落着一长串连接在一起的红灯笼，人们带着木制雕花红漆的面具围成一圈载歌载舞，击打着腰间的鼓。朝玄穿过他们的缝隙，看到围成的圈的中心有几个人铲着云，像在埋葬什么。他隐约看到被埋葬的东西散发着清幽的光，似乎在哪里时常见到。

"你们在埋葬什么？"朝玄问。

"埋葬月亮。"

"那天上的是什么？"朝玄透过这片云中的窗户看到了挂在天边的清冷的月亮。

"是它的精魂。"

"为什么要埋葬它。"

"死后方生。"

朝玄一直在看着被他们埋葬的月亮，直到月亮连光都被厚重的云层抹去。他一直看着埋葬月亮的地方，直到人们散去，也没有在埋葬的地方看到"生"的痕迹。时光侵蚀着这片云，它从紫色变成腐烂的灰色，再变成漆黑的颜色，这朵云迅速地一点点消失。朝玄看到了云外的世界，和云内一样，一片漆黑，更没有月的精魂。接着整片云都消逝了，朝玄在晦暗中猛然坠落。

他在这样无尽的坠落中逃离了梦乡。睁开眼睛还是禁闭室苍白空洞的天花板，太阳透过窗户照进来的光芒告诉他刚才的一切只是梦境。

第十四章　夜闯

1

离桢又回到皇宫后院砌宫墙。璧海对他的行动极为不满，把他囚禁起来。他意识到了自己追杀朝玄的莽撞和在山兽面前的弱小，羲和的形象又在他的眼前升起。他想不到那个具体的形象，只能想到灵动的火红和耀眼的金黄，那就是他存在的意义。

"哥哥。"离镜打断了他的思绪。

"你怎么在这？"

"哥哥，我来救你了。"

"你现在怎么扭扭捏捏的，还和他成了同僚？"

"这是个很长的故事。"

"你是帮他，还是帮我？"

"我和你一起逃出去。"

"你怎么带我逃？"

"走吧。"离镜说着，一把抓起离桢，飞上了天空。

"不会被发现吗?"

"我学会了隐形,现在抓着你,你也是隐形的。"

"要去哪?"

"昭世殿,找到你的生死册,你就可以改写自己的命运了。"

2

海盏站在青凤殿的台阶下,不安地看着王座上愠怒的璧海。

"他和你打过一仗。"

"是的,陛下,在碧云台。"

"你还被他打败了。"

"是的。"

"他似乎并不忠于青枫国。"

"殿下,请允许我为朝云国死于碧云台之战的将士与他决一死战。"

"青枫国的宫殿不是打斗之地。再多说一句,你就是死罪。"璧海连愤怒都不起波澜,而是极为平静,但旁人已然能感到平静下危险的刀锋。

"我还是信任你的。"说着,璧海把一把长剑扔向台阶下,正好被海盏接住,"万一父王真的想让寒秋即位,就找时机杀了她。"

海盏看到了璧海的眼里闪着那样冰冷绝情、与世隔绝的寒光。

3

离镜带着离桢飞进了昭世殿边窗,只见不远处就是一条走道,走道两侧放着一本本蓝色的册子。

"前面那条路就是藏书阁了,找到你自己的生死册。"

离桢悄悄走过去，却因为素来的莽撞撞到了书架，一本本生死册掉落下来，他一眼扫到了地上摊开的生死册上那个熟悉又陌生的名字——晴空。

"这个名字我好像在哪里见过。"离桢对离镜说。

"她是金乌的名医，碧云台一战中给你疗过伤。"离镜说。

离桢顺着这个名字往下看去，却发现上面赫然写着嚣尘二十五年坠崖，那是两年前。他这才想起她，当时他因生死无常拒绝了她，而她依旧没有躲过人世无常。人们建起一座座神庙，用口口相传的故事延续着她的生命，然而这在掌管生死轮回的神眼里只不过是离题万里的流言。

"你快找你自己的生死册吧，一会儿昭世君就来了。"离镜很快跳转了话题。

离桢望着走廊边高塔般的书架，站在走廊之外，那些书架并不高，但是在走廊中向上看，那些书架似乎高大到看不到顶端。

"你们是谁?"在走廊尽头，出现了一个清冷卓绝的身影，他的衣袖在昭世殿的风中飘舞着，手里还拿着一支玉笛。

"快跑。"离镜对离桢说。

可离桢却发现自己怎么都动不了了，就像被定在那里。

"昭世殿是生人勿入之地。"流昭的声音也透着冷冷清清的威严。

"昭世君，我们只是……"离镜连忙恳求。

"你战场上的敌人会成为你以后的劫难。"流昭的目光定在离桢身上，但眼里并没有责怪或不屑，世间一切与他无关。

第十五章　梦醒

1

两个月的禁闭时光终究过去了。当逐月看到禁闭结束后第一束阳光时，却觉得它耀眼而温暖的光芒撕碎了他漆黑安宁的梦——就像世界伊始时平静的黑暗。多少人想看到太阳明媚的光芒驱逐黑暗，可他却偏偏因太阳之名本该死去。

"终于出来了，喝个酒庆祝一下。"月曜上前搭着逐月的肩膀说。

"什么酒？"

"云都特产云中酌。"

"这是全云都都难找到的美酒。"木音说。

"我把暮白喊来。"

"他也被关了，今天才放出来。"

"马上还有神话课。"木音才想起平时这时候正是神话课前 10 分钟。

"我们都被关了两个月了，课也跟不上了。回宿舍睡觉去。"月曜说。

于是他们回到了宿舍，本以为自己会难以入眠的逐月却像被推着一样进入了梦乡。

梦中是一片沙漠，天空却是混着粉色的紫色。天空看不见月亮，却像月圆之夜那样明亮。天空中有一对翅膀，洁白而透亮，微微扇动着。渐渐地，月亮从紫色的云朵后慢慢显现。这不是人间的月亮，这里的月亮有着狰狞的面容和强烈的情绪，却看不出它是悲是喜，只能看出那是种偏执而强烈的神情。

月亮张开了狰狞的口，沙漠吹起狂风。逐月看到了头顶有一片紫色的云，上面掉下紫色的云屑。

"醒醒，醒醒。"把他从这样诡异的梦中救出的，是朝玄。

"暮白？你也出来了？"逐月半梦半醒中对朝玄说。

"有件事我想告诉你。"朝玄环顾四周，看到月曜和木音都睡得沉沉的，才小声地对逐月说。

"什么事情，干吗这样神神秘秘的。"虽然是噩梦，但逐月对朝玄打断了他的睡眠依然不满。

"暮白，你也被放出来了？"月曜被逐月的喊声吵醒了。

"早上就被放出来了。"

"云中酉甘在哪？"木音也醒了。

"在柜子里。"说着月曜走到柜子前端出了一坛云中酉甘。

酒坛是白瓷做的，上面用水墨画着高山风景图，浓墨画着几座陡峭的高山和水彩画成的翠绿松柏。山顶上的，不是耀眼的太阳，而是淡墨晕染的缭绕云雾，云雾之上写着酒的名字——云中酉甘。逐月第一次看到这样绝美而奢华的事物，相较之下，他从朝玄那里搜刮来的财宝和锦衣，或许价值连城，但是绝无美感，只有招摇艳丽的宝石或锦缎发出的耀武扬威的艳俗光芒。

2

璧海在画布上画着那天他看到的云都毁灭之景。这几日他深居简出，免得让父王抓到他的把柄。即便离镜带着他的哥哥跑了，璧海也没有诛杀奴隶长。看着画布上的毁灭之景，看到残破的酒肆、瞬间折断的桃树、洒落一地的桃花、路上仓皇逃窜的行人，他爱这种瞬间的毁灭之美，瞬间毁灭一个华丽的城市和砸碎一个破旧的木桶绝不是同一件事。美的事物即便毁灭也是另一种美，让人心生怜惜。

璧海的愿望一直以来都是继承帝位，成为青枫国新一代君王，可画布上的毁灭之景比帝位更加华美。帝位虽拥有荣华富贵、万民臣服，但却是一个长久的过程，而毁灭，尤其是对华美而巨大的事物的毁灭，是爆裂的瞬间。他想掌控这样的瞬间，可帝位不允许他做这样的事，那被称作轻浮。

他睥睨众生，从不心慈手软，是任何一个故事中的强大反派。毫无法力的人类，让他心生鄙夷。对青枫国的子民，他从不正眼瞧看，宫中的宫仆、奴隶，甚至是大臣，只要稍有失职，就会被他处死。他已是毁灭的源头，但"毁灭之神"还仅仅是一个在传说中存在的概念，他想成为这样的毁灭之神，肆意毁灭一切，看着一切都消失殆尽，从人间到昭世殿。到那天流昭会怎么样？看着昭世殿被摧毁，看着自己的存在失去意义？

可他不会毁灭一切。毁灭一切，就再也没有什么可以毁灭。他把画布上的毁灭之景描了一遍又一遍，然后让它化为灰烬。

3

月曜很快把酒坛和酒杯都摆在了桌子上，他们围着桌子坐成一圈。

"后天就期末考试了。"木音边给自己倒着酒边说。

"反正我也不打算考，大不了留级。"月曜说。

"下一届是哪些老师？"木音问。

"和这届差不多。"

逐月拿起瓷器酒坛，感觉它有千斤重。他把酒坛微微倾斜，清澈的酒流进陶土酒杯。他到这里的每一天都过得小心翼翼，甚至忘了自己真实的名字。他恐惧自己在这时候说出真相，只象征性地喝了几口，却发现整个世界开始模糊，界限开始消退，真实的一幕幕开始浮现。

"我一直很讨厌你。"逐月对正在狂饮的月曜说。

"这是说了真话了？"

"他随便说的。"朝玄发现了逐月的异常。

"你和你那个朋友实际上都是我的仇人，你们做了什么，你们自己知道。还记得那次看话剧吗？"逐月盯着月曜和木音，压在心底的愤怒在眼里燃烧。

"别说了！"朝玄冲了上去，却被逐月一把推开。

"你们觉得祭祀无罪，而规则正义又正确，你们有一天也会成为祭品。"

"祭品是奴隶，是内心邪恶之人，能成为祭品得到救赎，那是一种荣耀，献身于神是一种荣耀。"木音淡然地说，或许是逐月善于伪装，他似乎并没有起什么疑心。

"我只想活下去，站在正义的相反面活着，作为罪恶的主体活着。"逐月盯着木音和月曜，坚定而充满仇恨地说。

"你酒喝多了吧。"朝玄装作不经意地对逐月说。

"社会的根基就是神，祭品本是灵魂罪恶之人，让他们洗去罪恶，再以献祭让神欢喜，神降福于国家；反之，会降祸于国家。杀死祭品是为了让他成神，杀死他的家人是为了他们在天上团聚，这是国王们和神的共同美意。要是祭品和他们的家人都跑了，这辜负了祭司，辜负了人民，惹怒了神明，社会风气也被带坏了。"木音平静地说，他似乎并没有怀疑逐月。

"如果你是祭品呢，你还会这样说吗?"

"逐晨，你怎么了? 怎么尽是这些话题?"朝玄假装不知情地对逐月说。

"你说，为什么辜负了祭司? 他还活着。为什么辜负了人民?他们活着。"逐月不去理会朝玄的救场，继续逼问木音。

"你觉得这样的败类没错，就像一个人在偷东西被抓获，你却说他很认真地生活，为什么要判他有罪。"月曜说。

"你听好了，我就是那个金乌的祭品——逐月，不是逐晨，是你认为的败类，是十恶不赦的人渣!"逐月上前揪住月曜的衣领。

"逐月就在这里!"木音大喊道。

门被打开了，进来的是整层的学生。

"他就是逐月!"朝玄本想阻止月曜，他却率先喊出。

人们扑向逐月，把他从月曜身上扯了下来，狠狠地压在了地上。

"这只是个玩笑。"朝玄说。

"对，我就是逐月。"逐月借着酒劲红着眼睛盯着一双双把他压在地上的手说。

"听说逐月在这里被捕了?"门外有声音问道。

"是的! 他跑什么，他的姐姐跑什么，让他成神他不做，反倒希望所有人受难。祭品就是自私自利。"

"这种人就是自私到骨子里。"

"真是个祸害。"

一时间逐月被抓的消息传遍了整个青云殿。

4

离镜和离桢被关在昭世殿的禁闭室里。这里黯淡无光，要走过一条偏僻狭窄的长廊才能到达，自古以来都是用作囚禁私自闯入昭世殿的人，一关就是两个月。

这日流昭踏入这里。他很少来这里，这里虽处于仙界，但晦暗无光，阴暗潮湿，和人间那些荒废之地并无区别。流昭进来的时候，离桢看到了光，流昭永远都带着清冷纯净的光，在黑暗中尤为明显。

"昭世君，我有件事想问你。"离桢对流昭说。

"问吧。"流昭微微一笑，只是笑容中不见情感，却又带着温柔。

"太阳神羲和在哪里？"

"什么？"流昭愣了一下，第一次表现出迷茫的样子。

"昭世君是否知道太阳神羲和？"

"太阳神？"

"是的。"

"那不存在。"

"什么？"离桢感到思绪在这一刻突然被斩断，什么都想不起来了，也说不出是什么感觉，他在那一刻失去了所有的感知。

"世上有神，但没有太阳神。"流昭丝毫不去理会离桢的神情，继续平静地说。

"太阳神她叫羲和。"离桢感到神智有些恢复的时候，脱口而出这句话。

"仙界没有这样一位神。"

"璧海说她掌管整个仙界，说她是仙界之王，会来青枫国……"离桢大喊道。军营的肃杀、战场的永别、远离家乡的思念都没让这位将军流下一滴眼泪，而这时他却顾不及眼泪流淌而下。

"璧海？那个恶神罪行累累，也厌恶凡人。"

"不，她就掌管着整个仙界，就掌管着你，只是你……"离桢感到被卡住了喉咙，什么话都说不出来了，只是低下了头，任眼泪滴在潮湿的地上。

"没有羲和。"流昭依然冷冰冰地说，似乎离桢和他并不在同一空间。

离桢想起了金乌的王宫、高高的祭台、祭台下聚集在一起敬拜的人们、营队训练的士兵、风沙飞扬的战场……他从不惧怕触碰真实的危险，可现在他却小心翼翼地回忆起那些记忆中的事物，那些他过去每天都触碰、早已融入生命的事物，生怕惊醒了它们平静的睡眠；而他却感觉被一股力量推动着，快要火山爆发。渐渐地，他感觉那些真实发生的事变得虚幻，连处于其中的事物都变得模糊，一切都在一个巨大的谎言之下井然有序地进行着。他在记忆之海的重游中想了一个人——朝玄，他被自己当作金乌之光，上次却和他兵戎相向，如今他逃离了金乌，或许他也识破了太阳神的虚无？这样的逃亡之旅又会遇到什么？只怕是无尽的危险。

"昭世君，我想见一个人，他怕是有了危险，希望你开恩。"离桢对流昭拜了三拜说。

"去吧。西门那只夜航船可以去人间任何地方。"流昭不假思索地开了锁。

离桢冲上了楼梯，闪电一般迅速地离去。

"昭世君，您也把我放了吧。"离镜对流昭说。

"你私闯昭世殿，该罚禁闭。"

"我也要去帮他。"

"我放走他是因为生死册上他的死期快到了。"流昭冷冰冰地说。

"你怎么……"离镜一下说不出话来。

"生老病死，人之常情。"流昭留下这句话后就转身离去，不去管离镜的叫喊。

5

"他就是朝玄！"混乱之中，有个同学指着朝玄大喊道。

鱼贯而入的学生们冲上去，小小的寝室瞬间水泄不通。朝玄奋力推开扑向他的同学，他在摇晃之中甚至没看清谁是谁，但深知里面有平日里他熟悉的人。

"暮白，接着。"一只木匣子飞了过来，朝玄从人潮中艰难地抬起手接过那只匣子，打开却发现里面存放着的正是自己的三分魂魄。开盖的那一刻，灵魂立刻飞入朝玄身体里。朝玄感到清醒了不少，但还是推不开那些冲上来的学生。

"同学们，肃静。"吵闹中响起了千里老师洪亮的声音，一场骚动瞬间平静了，学生们自动站到两边，让出一条狭窄的道。千里老师从窄道走了进来，后面跟着的正是艾凡。

朝玄的目光直接和艾凡冰冷又带着疯狂的眼神接触，一时思路彻底被斩断，或许是对即将到来的危险不知所措，他的目光立马失了神。他希望时光就停在那一刻，好让他从时空缝隙逃出这个被挤得密不透风的狭窄空间。

"逃了好久嘛。"可事不遂人愿，时间并没有停止，艾凡戏谑地走上前，把手搭在朝玄的肩上说。

"我就是逐月。"逐月有些艰难地从地上爬起来，带着醉意毫无恐惧地挑衅着前来抓获他的艾凡。他苍白而凌厉的脸上还带着几道血痕，眼神在此刻格外愤怒。这种愤怒中带着一种压抑已久、失去理智的疯狂。

"他就是朝玄吧。"艾凡转过身去问逐月。

"他？什么朝玄。他就是我在路上抢来的奴隶。"逐月装作不经意地说。

"真是会包庇同伙。"艾凡做了个手势，几名士兵瞬间冲进了拥挤的宿舍，他们举着长枪，冲向被逼到角落的朝玄和逐月。

突然狂风大作，艾凡和那几个士兵被吹得后退了几步，堵在两边的学生则被吹了出去。一个身影从窗户里跳了进来，他一把拉住了朝玄，朝玄看到了他的正面，是离桢。

"上次抱歉，相信我，快跑。"离桢一把拉住朝玄，朝玄再一把拉住逐月，离桢护着朝玄从窗户跳下落地，再跳出围墙，一路击打埋伏着的士兵狂奔，最终跑到了荒郊野外。

"去，到那个山洞里。"离桢说。

"你是不是那个人？"逐月抬眼看着离桢，只觉得他似乎在哪里见过，却感到这人令人极度恐惧和厌恶。他们似乎就是两个敌对世界的人，从世界的伊始就是如此。

"进去，时间不多了。"离桢一把把逐月和朝玄推进了荒草掩盖下的山洞。

"十二年前，你杀了我的全家。"逐月直视着离桢，一字一顿地大喊道，全然不顾后面随时可能到来的追兵。

"你也毁了我的人生。"朝玄用了生平最大的力气把逐月推倒在地，小声而充满狠劲地说。

"我得走了。"离桢对朝玄说。

"不要再回金乌，离那里越远越好。"朝玄甚至没有注意到离桢眼里的黯淡，在他眼里，离桢还是那个勇敢无畏、年少有为的将军。

"快进去。"离桢把朝玄往山洞深处推去。

6

离桢向更荒凉的荒野走去。走了很远后，他下意识地朝金乌的方向望了一眼，可天色昏暗，距离遥远，他什么都看不到。那片土地需要他吗？如果是，为什么他一旦站在对立面，迎来的是冰冷的刀枪？如果不是，那他14岁就开始的军旅生活又是为了谁？嚣尘告诉他为了太阳神，为了金乌，他要去征战沙场，作为对太阳神的报答与供养。他一次次地在战场的绝望中想象着羲和的模样，想象着头顶的太阳上有一个穿着火红色衣服旋转着跳舞的神，她在遥远的地方庇佑着金乌，而自己在她的眼前为了这片土地战斗。就这样，他打了无数胜仗，金乌的国土一年比一年广大，人口却不怎么增多，因为他所征服之地，军队无一存留，民众流离失所。他曾觉得羲和就近在眼前，他为此征战，为此出生入死，甚至为此献出生命；可昭世殿中流昭斩钉截铁地告诉他，羲和不存在。人们说，羲和创造了金乌，金乌要回报羲和，于是，就有了祭祀，有了朝拜，有了征战。而这一切都是谎言。他看了看前方，前路也是一片灰蒙，没有一丝灯火，就像他的生命那样在实际的空间里空无一物。他觉得无力到了极点，他的内心开始嘲讽，却连自己都不知道自己在嘲讽谁。他不曾怕过沙场的劲敌，不曾恐惧过生死的无常，却在隐秘的黑夜中感到无力而无助。唯一难以战胜的，往往是人们心中坚定的信仰。世上除了他，无人知道那些传说的虚假。他效忠的王告诉他，他为羲和而生，甚至为了她甘愿成为璧海的奴隶；而如今，羲和不存在了，他也无须苟活。他回过头去，面朝故乡的方向，慢慢拔出腰上的剑——那把剑曾帮他驰骋疆场，还带着难以洗去的干涸的血迹。这次他把剑锋对着自己，刻着太阳的剑柄对着外面，准确而决绝地插入了自己的胸膛。剑刺入胸膛时，遮住月亮的云散去，天空变得敞亮。他的最后一眼给了明亮皎洁的月亮，然后黑暗笼罩了他的眼眸。

这时离桢的生死册上出现了浓墨书写的"八月十五　亡"。流昭在下面不假思索地写下"地府 1000 年"。

第十六章　前尘

1

"你毁了我的一生。"在漆黑的山洞深处，朝玄一把揪起逐月的衣领，压低愤怒的声音，生怕惊动可能在洞外巡视的追兵。

"果然还是不同的人。"逐月在刚刚猛然的摔打下受了伤，手臂一时抬不起来攻击朝玄，但他的语气还是带着傲慢与几分醉酒的张狂。

"因为你，我成了整个金乌的叛徒。羲和没错，陛下没错，老师没错，离桢没错，你本就该死去了。"朝玄压低声音，却透着压抑已久的疯狂。

"不能成为祭司杀人，是你最后悔的事吧。"逐月的眼睛在黑暗无光的山洞深处闪着锋利的光。

"你做的那些事，我都记着呢。"说着，朝玄掐住了逐月的脖子，就像他们初次见面那样。

"也怪我当时慌了，居然能和你这种人一起逃跑。"朝玄说完，把逐月一把摔在地上。

朝玄用洞中的木柴生了小火，掏出来一把小刀。

"你这样的人，留不得。"朝玄手中的刀逼近逐月，可朝玄的手却颤抖了，他握不住手中的刀了。刀直直地掉落在坑坑洼洼的地上。

"来吧。"逐月淡淡地说，似乎没看到眼前的危险。

"怎么不抵抗了?"朝玄想去抓起地上的小刀，却不停地颤抖着。

"我累了。"逐月说，"还有，我想告诉你我的故事。"

2

逐月不知道他是什么时候成为奴隶的，但自从他有记忆起，他就每天都看到一群衣衫褴褛、满身伤痕的人在烈日下、暴雪中、倾盆大雨里劳作着。不远处站着的，是衣着华贵、手拿皮鞭、个子高挑的人们，他们是一家，衣衫褴褛的人们叫他们"主人"。而逐月、芊眠和一群同样幼小的孩子则被关在牢笼里，透过牢笼的窗户，看着劳作的人们。劳作着劳作着，他们就倒下了；劳作着劳作着，鲜血就染红了土地。

"姐姐，长大后，我们会成为谁?"逐月趴在窗前问芊眠。

"和他们一样，我们是奴隶。"芊眠看了看逐月，本想说未来是有变化的，可是祖先为奴，就世世代代为奴。伪造出的希望，就如同包着糖衣的毒药，就如同在悬崖边缘用面团接上彼岸，远看美丽，近了就万劫不复。如果未来是深渊，那就说出深渊。

"那么，我们未来可能是主人吗?"逐月望着衣着华丽、挥着皮鞭的主人——他直挺挺地站在低着头的人群中，镶着金边的衣服在太阳下闪闪发光。

"你在想什么？主人，那是天神下凡；我们，那是做了坏事，要来还的。"晓林有些鄙视地对逐月说。这是个看起来有点圆滑的孩子，还带着一种傲慢。

"是什么坏事？"逐月问。

"他坏事做多了，当然觉得你做了坏事。"芊眠对逐月说。

"你再乱说，小心我告诉主人！"晓林圆滑中带着稚气恶狠狠地说。

"主人眼里，我们是一样的。"芊眠说。

这时，牢门被一脚踹开了，进来的是小主人。他也是个孩子，只是他穿着一件崭新的白衣服，和阴暗潮湿的牢房形成鲜明的对比。他眼尾还带着泪痕，雍容华贵中带着一种楚楚可怜。

他向着晓林扑去，刚刚的委屈在那一瞬间荡然无存，晓林被他重重打倒在地。

这时，门被打开了，进来的是男主人。他看到自己的孩子正扑在奴隶的孩子——将来的奴隶身上，他急急忙忙问孩子发生了什么。

孩子大哭着说："他打我！"

晓林大喊："我没有，我怎么可能打主人呢？"

"下贱料子，不分贵贱，不分尊卑。"男主人一把抓起晓林，猛地往地上一摔。

"主人，我没有。"晓林哭着说。

男主人一把拎起晓林，这让芊眠感到深深的恐惧。但是，直到多年以后，她才完全理解了这种恐惧——或许在神的眼里，拎着与被拎着的，都是"生命"；但是，世人却清清楚楚地知道，其中的一个，无论生死，都不会被视为"生命"。

晓林再也没有回来。那天深夜，芊眠在窗口，看到了一个瘦弱的身影，发出呜呜咽咽的声音，似有似无。

很快，人们淡忘了晓林。时间在狭窄的牢房里继续流逝。

3

就在某一瞬间，也许就是再平常不过的某个瞬间，逐月突然意识到自己的未来从来不是高高地站在一群奴隶间的主人，而那些衣衫褴褛、满身伤痕、永远劳作却随时可能倒下的人，就是他的未来，从他们悲苦的生活中能一眼望到尽头。

"我们永远都这样吗？"在一个深夜里，一个沉得看不见星星的夜里，芋眠望着牢笼之外黯淡的天空，问她的父亲。

父亲看了一眼芋眠，眼里的疲惫遮盖住了所有应有的情感，他没有回答，只是用沧桑的声音说："睡吧，天快亮了。"

逐月在角落里听到了父亲的话。他只是相信着，天不会亮，或者说，亮或不亮，都是黑暗。

可是，他对了也错了，这样的生活也不会继续。

事情要从十年前讲起。

那天，在金乌的中心举行了一场挑选祭品的集会。那是金乌十年一度的重大集会，那时的祭司，也就是朝玄的父亲安邦，身着祭司出席正式场合的红色镶金的长袍，站在有些褪了色的画着太阳的石台中央，单手捧着一本有关祭祀的书，另一只手停在空中不停变换着手势。围在石台边的，是金乌的自由人，被关在一个个笼子里的，是身为奴隶的人们。笼子装在运输车上，接受整个金乌目光的检视，人们好奇笼子里谁是那个罪恶的人，在这里成为祭品，走上死亡的救赎之路，脱胎换骨，让太阳神赐福金乌。

祭司安邦曾把全国奴隶的名字都写在一张张纸上，现在他念着咒语把它们抛向空中，最先落到石台上的太阳中央的名字就是祭品。纸片纷纷扬扬地洒落在地，安邦只捡起了那一张纸片，它不偏不倚地洒落在太阳的中心。他的心中为之一颤，他做祭司多年，第一次看到纸片能不偏不倚地落在太阳的中心，这就是太阳神的意思，她就是天生的祭品。

"这次的祭品是——芊眠。"安邦的手先是停在空中，再斩钉截铁地把它径直伸向运着奴隶的车，指向芊眠。在那时候的金乌，这意味着——祭品将在10年后失去生命，而祭品的家人即将失去生命。人们把目光洒向安邦所指的地方，站在芊眠旁边的逐月第一次看到这么多洒向自己的目光，杂糅着厌恶、嫌弃、鄙视、恐惧、好奇。逐月感觉这些目光似乎看穿了自己，从自己的出生到死亡，从外表到内心，从瞬间到永远。芊眠把头转了过去，却看到另一个方向人们压过来的目光。

逐月突然感到脖子发凉，回头发现是军队，领头的那个把剑架在他脖子上，剩下的兵举着长枪把他们一家团团围住。逐月第一次看到那么多士兵，他们穿着银色的铠甲，一人拿着一把长枪，站得笔挺，眼神里满是杀意。

"看什么看呢，小孩？"领头的离桢对逐月说。

"你要干什么？"逐月盯着离桢，那时离桢十四岁，却看起来十分成熟。那并不是精于世故的成熟，也不是温润而圆滑的成熟，而是带着鲁莽、久经沙场的成熟。他的眼里有一种从不拐弯的强烈执念，时时刻刻都在燃烧着。

"小孩，你马上就要去等待你姐姐了，安静点。"

"你得罪了我们的将军，马上就有你疼的。"旁边的士兵应和道。

"把祭品带走！"离桢对着手下发号施令，他的声音洪亮得如同瞬间倒塌的高山，掩埋了大片土地，迅速把山下的草木、村庄交付给了命运。

几个士兵举着长枪迅速包围了芊眠，拎着她离开。芊眠似乎突然预见了命运，大喊道："放开我！放开我！"

士兵们并不理会她的呐喊，虽然在她的世界里，那是最恐惧无助、最撕心裂肺的叫喊，足以让她的内心世界天旋地转，巨浪滔天；可对于士兵，对于金乌来说，那只不过是声音而已。

"带走他们。"离桢对着士兵说。剩下的士兵一拥而上，用长枪尖锐的头抵着他们向前走去。

逐月略微听闻过金乌、羲和与祭品的那些事，却在此刻感受到了彻底的无助，他知道自己的生命将要走到尽头，而没有人和他在同一条线上奔赴死亡，他们都是看客。

"走快点！"离桢喊道。

"前面就是刑场。"有个士兵打趣似的对逐月说。

逐月看到了一个古旧的铁制高台，在突然刮起的狂风带来的风沙中却显得格外扎眼，如同一支穿越险阻直奔而来的箭。它伫立在那里已经多年，历经了酷暑、寒冬、狂风、暴雨、大地的震颤，高台以它的磨损，无声地诉说着死亡的永久胜利。

"快走！"离桢突然袭击的长枪打断了逐月的思绪，逐月发现刚刚还很遥远的刑场已经近在眼前，刑台上高高悬起的绳索摇摇晃晃，生了锈的刀一动不动以沉默宣誓它对生命去留的权力。

先上刑台的是逐月的父母，紧跟着的是离桢。他一把举起那把生了锈的刀，逐月下意识地闭上了眼睛，却听见刀落下的清脆的声音。他眼前虽是一片黑暗，但脑海已经想象出可怕的一幕，只是他的思绪立马打断了可怕的景象。

"上去！"逐月感到背部被长枪刺痛的感觉，听到身后的士兵以权威一般的语气说。

逐月睁开眼睛，却回避着血淋淋的刑台，回过头去狠狠地咬了士兵一口，然后推开两旁的士兵，向刑台边的河跑去。士兵们在短暂发愣后，追着向河边跑去的逐月，这是第一个选择逃跑的祭品家人。

逐月感到背后长枪刺来的痛感，可他不能停下，只能一跃而下，跳进波涛汹涌的河里。

"别追了。"离桢在刑台上发号施令。

"他跳下去了。"领头的士兵望着波涛滚滚的河流说。

"掉进这条河没人能活下来。"离桢冷冷地说。士兵这才从河边散去。

4

逐月睁开眼睛时，看到了破败的木房顶，傍晚的日光从屋顶木板之间的缝隙照进来，晚风从破败屋子的缝隙中吹进来，虽然是春天，但这间狭窄的屋子格外寒冷。

"你醒了。"逐月听到了一个青年有些阴郁的声音。

"这里是哪?"逐月问那个青年。

"你是祭品的弟弟吧。"

"你是?"

"是我救的你。"

"谢谢你。"

"你本可以活的，可世道偏要你死。"那人摇了摇头，长叹一口气。

"我该怎么办?"逐月又想起了破旧的刑台，持着长枪的士兵，余光看到的血的殷红，只是愣在那里，连一滴泪都没有。

"以后这里就是你的家，最近不要出门，免得被发现。"

"嗯。"逐月魂不守舍地回应道。

"躺在这别动，伤还没好。"

或许是出于对现实的躲避，逐月很快昏昏沉沉地进入梦乡。在梦中他看到了一个少年走过疏离的父亲身边，走进一间低矮的土红色屋子，对着墙上羲和的画像虔诚地行礼，旁边站着一个年长的人，似乎是一位师长。

那个梦萦绕了他很长时间，渐渐地那个少年的身影就刻入了他的脑海，直到几年后，他梦见那个少年一点点走近，直到能看清那个少年的模样。那个少年长得单薄清秀，却纯净似水，而不像自己，凌厉中还透着一种纯净的凛冽。

然后他再没梦到过那个少年。

5

过了段时间，逐月养好了伤，青年就给了他一把木剑。

"你知道你的祖先怎么成为奴隶的吗？"

"知道了又怎样？"

"一个人是不能背叛自己的根源的。"

"可是，那早已不重要了。"

"你的祖先是江祖，你的爷爷是天云国将军云主，兵败后自刎，后人沦为奴隶。你与金乌，有着不共戴天之仇。"那青年神色凝重地说。

"为什么这么说？"

青年拿出一本泛黄的书卷，上面已经斑驳的字迹和线条，勾出了一个家族的过往与未来；而从云主之后的线条和字迹，从炭黑色变成了血红色。

逐月接过泛黄的书卷，一种巨大的悲苦与无奈如洪水一般袭来。

"想复仇的话，先得学剑术。"

"请问怎么称呼你？"逐月接过剑，才想起他还没问青年的名字。

"我叫沧溟。"青年似乎是波澜不惊地说。

"沧溟?"

"这没什么好想的,学剑就行。"沧溟略带着点怒气拔出自己的剑。

就这样,逐月开始跟沧溟学起了剑术,沧溟也失了开始的温柔,总是严厉而暴躁。逐月不曾走出过那间破旧的木屋,而沧溟总是出门,几天几夜都不会回来。每当沧溟不在的时候,家人被杀那一天的景象就会萦绕在逐月脑中,随着时间的推移,那片血迹愈加鲜红。

就这样,几年过去了,虽然侥幸逃生,但逐月总是能感到残缺,寒风和暴雪从残缺的地方鱼贯而入,让缺口越来越大,大到无法用几块结实的木板去补上缺口。

第八年时,木屋周围那个村子发生了饥荒。

6

沧溟在夜色的掩护下走入距木屋十里的山洞,山洞一直都在那里,或许从世界诞生的那一刻开始,它就已经在那里了。从外面看,这是个不起眼的狭窄山洞,走进去也是个未经雕琢的阴暗潮湿之地,直到很深处时,才看到一个满布青苔的木门。

沧溟上前敲了敲门,开门的是一个鼠头猫身的怪物。最深处的王座上坐着一个老人,手里拿着一根歪歪扭扭的木制权杖,权杖顶端是颗被打磨得浑圆的紫水晶。屋内四处都是神像,书橱里摆着古旧的书,柜子里放着被称为"灵物"的宝石,地上的杂物杂乱地摆放着。

"时候到了。"老人昂起头,面无表情地说。

"揭竿而起?"

"还有江祖后人的血。"

"都准备好了。"

"他多大了？"

"15。"

"是时候了。"

"这事也得感谢您，当时您就说了在夺命河那一带能找到他。"

"明日一早，你在村头那棵枯树下鼓动，多一尺少一尺都不行。"

"是。"

"你若成功，前朝血脉就能延续，我朝就能复辟。"

"几百年了。"沧溟说，他想起了几百年前，祖上的王朝被推翻的那一刻，那一幕他虽没有看到，但一想到巨物的瞬间坍塌，就感到恐惧，何况这巨物还连着他的血脉。

老人在王座上开始放声大笑，笑声在山洞深处大声回荡。

"小心被听到。"沧溟淡淡地说。

老人的笑声戛然而止，等沧溟上前时，他才发现，老人已经死去。

第十七章　干戈

1

沧溟推开木屋的门，却发现逐月坐在缺了一条腿的木桌前，眼神怅然而空洞。沧溟才知道自己离开太久了，每当自己离开木屋一久，回来就会看到逐月这样的眼神，或许他又想起八年前那天发生的事了。

"逐月。"他轻声叫道。

"你终于回来了。"逐月略微抬眼看了看沧溟，却依然语调平淡。

"想父母了吧。"

逐月一听到"父母"这个词，突然愣住了，那个已经远去却时时萦绕的早晨再次清晰地出现了。

"你可以为他们报仇了。"沧溟把手重重地搭在逐月肩膀上，就像交接给他重大任务一样。

"我？我一个人。"逐月眼中的怒火熄灭了，取而代之的是无尽的无奈。

"还有我，还有全村的人们。"沧溟直视着逐月，眼里充满着坚定与对他的安慰。

"我们能做什么？"

"我们只要团结，改朝换代不是难事。"

"人们都说国王是羲和在人间的代表。"

"一切都可以改变，你不会觉得羲和真的存在吧？"

"我不能相信有羲和的存在，相信代表我有罪。"

"你只有这个机会了，你压抑了 8 年。不能让你的父母白白死去，你姐姐还在他们那里。"

"正是这样，我才怕他们对我姐姐做什么。"

"敌人总是难对付的，还有两年，你姐姐就要被献祭了。"

一提到姐姐，逐月的心就提了起来，那是他在世上唯一亲近的亲人，而现在她就被囚禁在狭小的空间里，即将成为祭品。

"不要担心，我们会成功的。我和你一样，被他们压迫着。"

"你是？"

"前朝皇族后代。"

"你们被灭国几百年了。"

"但是国家终归会回到它的主人手里。"沧溟看似很自信地说，可他心里知道前朝后人已经寥寥无几。

2

第二天早晨，沧溟来到了村头那棵枯树下，看到了贫瘠干裂的土地，往日这里长满了丰收在望的水稻，今年却寸草不生。村民们焦急地围在田间，对突如其来的旱灾无计可施。

"旱灾发生好久了，可到现在救济还没来。"沧溟对他们说。

"一定是我们得罪了太阳神。"

"可能是祭品少了。"

"是我们不够勤劳。"

"大家看——"一个年少又洪亮的声音在人群中响起。

人们目光所集的地方，蚂蚁们在墙上聚集成了几个字：金乌归前朝。

"那是天意。"

"或许太阳神对现在的国王不满了。"

"太阳神垂怜于我们了。"

"前朝？"

"就是赤轮王朝。"

"前朝？"沧溟装作毫不知情地问。

"听说你是前朝后人？"

"听说是的。我家还有族谱。"

"要不你当大将军？"

"我就是一介平民。"

逐月在不远处草丛里看到了这一切，只见不到一会儿就群情激愤，众人揭竿而起。

那天中午，逐月收到了沧溟送给他的剑，是一把锋利的剑。

"去救你姐姐吧。"

"我可以吗？"

"你学了八年了，就是为了这一天。"

逐月在沧溟的眼里看到了鼓励与坚定，第一次有了流泪的感觉。

那天下午，全村青壮年带着村里积攒的最后一点粮食，骑着马，向离村子最近的城镇进军。逐月坐在一匹步入中年的马上，紧握着沧溟给他的长剑。

城镇有兵把守，沧溟对着他们射了几箭，对方很快败下阵来，但沧溟也损失了半数村民。

剩下的人冲入城中，却发现城镇中布满了士兵，之前从未有人知道一个城镇中会有这么多士兵。两队人马厮杀起来，沧溟很快败下阵来。他时不时看逐月，逐月一直都活着，英勇地面对城镇中的大军。

不一会儿，沧溟这边的人马所剩无几，可逐月依然顽强地抵抗。沧溟突然心软下来，能陪着他的，只有本该献祭的逐月了。

一把长枪向沧溟刺来，逐月却挡在了沧溟的前面。

"走吧。"沧溟小声地对逐月说。

"不。"

沧溟假装回击时刺错了人，把逐月从马上刺下去，逐月跌落在地上，跌落在死去的同乡身旁。

3

待到逐月醒来时，他看到士兵们在收拾残局，而沧溟已经死去。眼前黑压压的一片都是城镇中的士兵。他乘其不备逃入灌木丛中，不敢发出任何声音，更不能哭泣。

"今天的守城战打得不错，选几个功劳大的封官。"那座城的统领说。

底下一片欢呼声，胜利者的喜悦成了刺向逐月的利刃，可他不能动，更不能哭泣，只是闭上眼睛，当作人生那八年和现在什么也没有发生。

士兵们最终还是散去了，逐月在夜幕中偷偷匍匐前行，然后沿着无人的小道向远方奔去。

那天晚上，在荒郊野岭的河边，逐月再次拿出了泛黄的家谱，却不慎将家谱掉进河里。当他捞起家谱时，发现上面出现了一行墨绿的字，像是新写上去的："江祖旁支——科林国西部"。旁边是一张地图，清晰地标着这户远亲的位置。

第十八章　水镜

1

"他太傻了。"朝玄听了逐月的叙述后说。

"他轻敌了。"

"然后你去了哪?"

"没地方去,住在荒郊野外,时不时抢点东西。"

朝玄一时不知道怎么回应逐月,他知道逐月的遭遇和祭祀有关,和金乌的信仰有关,和时不时的征战有关,而他是这些产物的"后代"。他只是低下头,回避着逐月的目光。

"你不用感到抱歉,是我毁了你的人生——"可是逐月突然打住了,一时间静默无言。

火焰一点点黯淡下去,在静默中,黑暗重新笼罩了山洞。

逐月望着眼前一片黑暗,觉得在孤岛之中,只剩下他们两个人。

朝玄也没有睡,他只是压抑住自己的抽泣,假装在黑夜中去往梦乡。

2

那天晚上，海盏在睡梦中见到了火焰和火焰中顽强不屈的叫喊，他走过一团团火焰，却发现了在火焰中的离桢。他瞬间知道了这里是地府，而这个梦是真的。

他猛然从梦中惊醒。他简直不相信那样一个骁勇善战的将军会死去，他总是用他有限的生命展示出无穷的气魄。在海盏的印象里，只有无尽的生命才能拥有一往无前的勇猛。他不能忍受这样的逝去，还有那场从未发生的决斗，再也来不及发生了。

海盏从窗户中飞出去，飞过璧海的寝宫，却不知道这位皇子正做着成为毁灭之神的梦。梦中他看见黑压压的天空和波涛汹涌、深不见底的深蓝海洋，天空中电闪雷鸣，被大海淹没的土地上寸草不生。而他悬浮在空中，天空中的漩涡里降下一顶漆黑的镶着红宝石的皇冠。他爱这样的毁灭，他在毁灭中是永生的。

海盏飞速飞过了整个青枫国，飞到了昭世殿，却看到东君把守在昭世殿前，握着那支碧蓝的戟。

"我找昭世君。"

"昭世殿不能进入。"

"让他进来。"流昭淡然地说。

"离桢是不是死了？"海盏上前问流昭。

"对。"

"在地府吧？"

"是的。"流昭的声音带着超然世外的平静，似乎谈论的是日常，而不是生死。

"你就这么对待一代豪杰？一代英豪，就这样被你判了地府1000年？地府是什么地方，你不可能不知道！"海盏上前一把抓住流昭的衣领，流昭冷淡的语气激起了海盏的愤怒，他和离桢虽然曾经是宿敌，但在褪去了朝云国大将军的身份和虚假的神的笼罩后，他才发现离桢与自己在灵魂深处是双生关系。

"我只是按前两代昭世君的要求。"流昭面对海盏突如其来的袭击，依然面无表情。

"前两代昭世君是什么人，要把英雄豪杰贬下地府？"海盏把流昭的衣领攒得更紧了。

"是神，比我更像神的神。"流昭在短暂的情绪波动后，露出了认真而有些愠怒的神情。

"原来你也会生气啊？你们神就负责把豪杰送下地府吗？"海盏猛地松开了流昭的衣领，把他往墙上一推。

"你和他打过仗，却那么珍惜他。"流昭似乎是第一次露出讽刺的神色。

"真是卑鄙啊，作为神不能忍受人的勇敢。"说着，海盏纵身一跃，跳下昭世殿前的台阶，坠入了一片虚空。

3

海盏在虚空深处醒来，眼前是被烧得通红的铁门，铁门半开着，他看到铁门里升起的一团团烈火，目光所及最遥远的那团烈火中的人就是离桢。海盏想冲进去，却怎么也进不去，似乎有层看不见的墙阻隔了他。

"你是不灭之人，何必来这里？"一个有些凄厉的声音问海盏。

"里面有我的故人。"

"里面只有你的敌人。"

"他叫离桢，是金乌国的将军，是被称为'战神'的英雄。你们却把他送到了这里，你们就这样接受不了强大的'人'的存在吗?"海盏几乎是一字一顿地颤抖着说。

"昭世君的审判历来公正,由不得你质疑。"

"为什么一代英豪却是这样的结局?"

那个声音终究没有回答他。他冲进那扇铁门,却发现那层阻隔他的力量消失了,一下就冲到了离桢面前。

"金乌国大将军,我来了。不要以为这能结束我的复仇,多年前的事我不会忘记。"海盏举重若轻地说。

"你是谁?"火焰中的离桢已经失了之前的斗志和勇猛,只是充满迷茫地望向海盏。

"你不记得了?"

"你是谁?"

"这不重要!"说着,海盏把剑插入火焰,在跳动的火焰中,他仿佛看到了碧云台一战中死去的将士像又重获生命一般从远方浩浩荡荡地走来。

"天鹰、绿爻、千山……"海盏望着远处一片虚空,报出了朝云国将士的名字。

直到他发现自己的剑已经在火焰中烧为灰烬。

"你在喊谁?"离桢问。

"你不配喊出的人!"

4

第二天清晨,逐月很早就走到了洞口,只看见洞外下着倾盆大雨,就像在空中架起了无法穿过的珠帘,空气里满是荒郊野外青草潮湿的气息。洞穴此时就像一座大海中的孤岛,孤立无援,任由暴雨冲刷。

"又下雨了。"朝玄也到了洞口,和逐月一起看着倾盆大雨。

"是我毁了你的人生。或许，我就不该存在吧。"逐月在许久的沉默后说。

"其实，我也不爱那样的人生。"朝玄的确不爱自己荣华富贵之下被一根名为"羲和"的线捆绑着的人生，只是在外人眼里他是金乌除国王外至高无上的祭司的继承人。

"你是至高无上的大祭司，你的爸爸是，你的爷爷是，你的后代也是，你获得了灵魂永生的资格，你爸爸的宅邸有寻常人家十个那么大，你穿金戴银，家藏万贯，而我……"逐月说着说着，怒火又涌上心头。

"对不起。我一直在苟且偷生，从我成为见习祭司的第一天起就是如此。我从疑惑到接受，直到遇见了你，我才知晓了这一切的荒唐。和你一样，我也痛恨祭典之下的人生，那样的人生对我也是禁锢，因为永生对我来说太遥远了。"

"可是，十年前的那天我就该死了。"逐月又想起了那个夏日的早晨。

朝玄突然无言以对。那是他祖辈曾犯下的罪，那些罪恶，以冠冕堂皇的正义理由一直延绵到今天。

"我从没想到那天在森林里你会活下来，没想到我会进青云殿，更没想到山兽来的那天我会救你，现在又和你一起逃跑到了山洞里。"逐月又恢复了开始的冰冷与暴怒，和刚刚道歉时判若两人。

"对不起。"朝玄抑制着自己不让眼泪流出来，但心里早已翻江倒海。他知道自己祖辈犯下的罪，是永远洗不清的，就连弥补，也不过是往海里填石子，给他几千年都未必能填平；可人生苦短，只有几十年，又怎么能补上，不仅过去的难以弥补，就连即将发生的也难以阻止。

"你现在就给我滚出去！"逐月感到被什么触动了，但他不能承认这种触动，只能以暴怒去斩断它。

"我走了，你一个人怎么逃？"

"滚，滚出去，要是他们抓到你，别把我说出去！"

"我走了，请多保重。"朝玄转身离去。

逐月却一把拉住了他，他从朝玄的决然离去中看到了无奈与深深的负罪感，就像在森林里看到他隐含着的抗争。朝玄一直是他从小就深深怨恨的祭司的角色，他朝朝暮暮都想着杀掉朝玄复仇，可在真的看清朝玄的面容后却于心不忍了，后来竟发现自己似乎与这个敌人心灵相通。

"又想起什么了？"

"别走。"

漆黑的山洞里寂静无声，黑暗中，对应着两个世界，一强一弱，水火不容。

第十九章　知玄

1

"海盏，你可知罪？"地府熊熊的烈火中，响起了流昭平静而压人的声音。

"何罪之有？"海盏回头看到了流昭正伫立于几簇火焰中，洁白的衣服被地府的烈火映得血红，衣带因为地府无风紧贴在衣服上。

"你在世屠戮众多生灵，复活后又顶撞神灵，私闯地府。"流昭义正词严地说。他的那种义正词严，比人世里任何正直到不留情面的人还要不近人情，他在人世之外，不会也不需要贴近人性，首代昭世君留下的规矩就是他所捍卫的信条。

"我是朝云国将军，守一方疆土，护一方平安，屠戮敌人是职责所在。"海盏直视着流昭的眼睛，目光坚定地说。

"离桢，你可知罪？"流昭不去理会海盏，径直走向了离桢。

"你是谁？"

"你屠戮生灵，侮辱神灵，却毫无悔意。"流昭抽出他那把白玉剑刺向离桢，只听见离桢因疼痛而大吼的声音，人间那些"有泪不轻弹"的教诲不复存在。

2

朝玄和逐月本约好在夜晚偷偷逃跑，可天刚刚黑，逐月就已经躺在地上睡着了，无论朝玄怎么叫，都叫不醒他。

"其实，我很想和你说声抱歉。"朝玄看着熟睡的逐月，小声地讲出那些他难以说出的话，"其实我不喜欢做祭司，虽然万人之上，享尽荣华富贵，但我不喜欢那样的生活。"

朝玄看到逐月还在熟睡中，便继续说："我不爱金乌的神，不信他们说的那些事，不愿把灵魂献给我不爱的神，不愿永远把自己束缚于祭祀之事，可是我偏偏生在祭司之家。我的童年在 14 岁那年就彻底结束了。"

"我的祖辈，对于你是罪恶的存在。你对我来说，也是必须剿灭的反叛之人。可是我发现，我离羲和很远。如果没有这些传了很多年的规则，我们应该是朋友吧。可是这些事真的存在，或许，我不配与你为友。"朝玄把声音放得更轻了。

"其实你没毁掉我的人生，为了一个所谓的神去杀死你，杀死你的亲人，我不愿意。"

"但是，我希望能赎清或许已赎不清的罪。我不知道怎么称呼我们间的关系，暂且用朋友相称吧。"

第二天清晨，逐月醒来就猛地摇醒了朝玄。

"干吗？晚上才逃跑呢。"朝玄有些不耐烦地说。

"昨天我做了个梦。"

"什么梦？"

"真是个噩梦。"

"是什么？"

"我梦见你一直跟我道歉，说你不爱金乌的神，不愿做祭司，不愿为了太阳神杀了我。"

朝玄发觉昨天晚上对他说的那些或许已经被他听到了，不禁感到尴尬与无措。

"但是，我希望或许已赎不清的罪能被赎清。我不知道怎么称呼我们间的关系，暂且用朋友相称吧。"逐月继续说道。

朝玄突然有想哭的冲动。他感到某种自远古而来就慢慢形成的古老的屏障在这一刻被打破了，在刀剑制成的断垣残壁之上开出了鲜艳的花朵，世界的光与暗也开始柔和地交融。

"哭什么？"逐月看似毫不在意地说，但他的眼里也已经溢满了泪水。他在很长的一段时间里感受着无人能感受到的深切的孤独，这种孤独如长期泛滥的洪水，淹没了他注定悲苦的童年，又迅速冲刷着他的少年。在这样的跌宕中，他感到自己的灵魂沉睡着，一沉睡，就是好几个世纪。可眼前的化敌为友却让他心中的洪水也慢慢趋于平静。那是他之前从不敢奢求的平静。

3

"陛下，昭世君流昭求见。"一名士兵在璧霖的大殿前半跪下说。

"别让他进来。"璧霖的傲慢让他连前任昭世君也不会放在眼里，何况上任没多久的流昭。

"是。"士兵低下了头无比忠诚地说。

"青枫国真是景色秀美，神杰地灵。"还没等璧霖允诺，流昭已经闯入了大殿。

"昭世君怎么来了？"璧霖稍稍回头。

"我想会会璧海。"

"青枫国有个规矩，太子不会别国客。"

"既然这样，那就会会太子的护卫，昨天夜里，您也感受到什么擅自离宫了吧？"

"这是何必？"两边的护卫握紧了长枪上前围住流昭。

"想不到你作为一国之君，能容忍皇子的手下私闯昭世殿，私闯地府。"流昭说着掀起波涛，那些围绕着他的士兵瞬间被冲出很远。

璧霖看着一片狼藉的前宫出神，而璧海则偷偷听到了大殿的争执。他知道他曾复活的海盏一定意气用事，闯入了地府。怒火在他的心中瞬间开始猛烈燃烧，那样的地方，就连他这样的纨绔子弟都不敢擅自闯入，而海盏这个本为人类的手下却敢私闯。

他不会放过他，怎么复活他，就要让他怎样毁灭。

4

逐月举着刚刚点燃的火把到了山洞的尽头，却发现了墙上有一块凸出的石头。他轻轻一碰，墙开了，在他面前的是一片黑色的水池。

"是个水池，还是黑色的。"朝玄说。

"你不说我都知道。"

"我在想，我们要是跑的话，通缉令上都有我们的画像，还有衣服的颜色，不然我们把衣服都染成黑色？"

"真是麻烦。"

"不染就不染，反正要抓的是你。"

"那你还跟着我逃出那个让你当祭司的地方？"逐月还是把外衣扔进了水池，捞起衣服时，衣服已经漆黑得找不到一丝曾存留过色彩的痕迹。

朝玄把金色的外衣猛地浸入湖水，可是迅猛而强烈的动作并没有涤平他翻江倒海的内心，他看着朝霞一般的金色的外衣瞬间变成了乌云，在幽深晦暗的山洞里，他感觉自己在埋葬什么。埋葬，意味着永别，即便再次挖开也不是当初模样。

逐月推开了墙上的机关，门再次敞开，在微弱的光和深沉的暗下，穿着黑衣的逐月就像黑夜的王，隐秘而冷酷，又带着几分清澈。

"生而为敌，永世为敌。"黑暗中响起了一个低沉的声音。

"你听到声音了吗？"朝玄环顾四周，虽然光线晦暗，但他确定这里没别人。

"听到了。"

"谁？"朝玄对着茫茫的黑暗问。

那个声音再也没有响起，就像从未存在过那样永远地消逝在晦暗中。

第二十章　沉雾

1

海盏怀着几分忐忑不安被招入了璧海的宫殿。或许自己的罪行已经被知晓，璧海作为神总是显得知晓世间万事，自己私闯地府的事或许璧海正要治罪。

在璧海身边多年的守卫生涯让他对这位高傲冷酷的皇子有着敏锐的直觉，可偏偏在与仇敌的死别之际他却失去了理性。

他一踏入宫殿就被扑上来的众多护卫压在地上，那些熟悉的面庞突然变得凌厉。他一时愣住，从未想到自己作为护卫队长会被手下猛然袭击。

"你闯了地府？"璧海站在高堂之上，背对着宫殿里陷入混乱的一切。

"是。"

"就为了那个人？那个跟你打过一仗，还杀死过你的人？"璧海这才略微回头，海盏看到了他疯狂绝望但终被冰雪笼罩的眼睛。

"回殿下，他是个英雄。"海盏不敢再多说，他心底也恐惧这位皇子的暴戾与冷酷，可他绝不允许神否认人中的豪杰。

"既然你认为他是个英雄，就去地府陪他。"璧海猛然转身，握着出鞘的青凤剑走下台阶。

"殿下……"

"不过你可能连地府都去不了了，你的魂魄可能会散，你将永远消亡了。"璧海说着，眼里满是死水一般的冰霜。

青凤剑扎进海盏的肩头，璧海扎了一剑又一剑，海盏曾经的手下也开始对他进行袭击。他本以为今天定会魂飞魄散，却没想到无论怎么疼痛，怎样流血，他始终不会死去。

璧海这才想到被复活的人是永远不会再死去的，连伤口都会很快愈合。

"看在你做我护卫多年的分上，本皇子今天就开恩一次，只是你再也不得踏入青枫国半步。"璧海把剑深深地插入海盏旁边的地面说。

两个护卫拖着他，向青山崖走去。

2

青山崖高万丈，却狭窄得只能容一人小心走过。青山崖下，便是人间。

两个护卫把海盏扔下青山崖。海盏在迷蒙中看到了不似旧时的两张熟悉的脸，那是曾和他一起守卫璧海的下属，而如今似乎情断恩绝。

接着是高空坠落的感觉，青山崖上的国度以光一般的速度离他远去，他终将坠入的地方还是久别的人间。

在未落地的时候，他就已经陷入了无梦的沉睡。

3

夜晚终于来临，朝玄看到了山洞外暗沉的天空，远处闪着星星点点的人间烟火，在寒冷的晚风中，只感到前途渺茫。

"该出发了。"逐月淡淡地说。

"嗯。"朝玄轻声回应道。

他们走出了山洞，向着更荒无人烟的地方走去，前方是远离人间灯火的地方，连一丝绿意都没有，整个世界似乎只剩下了他们两个人，向人间之外走去。

"是那里吗？"朝玄问。

"我家就往那个方向走，我不会记错。"逐月说。

"你到了你家，而我是真没地方去了。"

"你可以和我一样，成为整个金乌的敌人。"

"整个金乌的敌人？"

"对，不接受反驳。"逐月昂起头，装作高傲地说。

虽然一片黑暗，但借着遥远的月光，朝玄隐约看到了逐月强装高傲实则显露出本色里的活泼的样子。

"怎么了？你那是什么表情？"逐月问。

"没什么，只是……"

朝玄感到被猛然推了一把，接着看到逐月向前跑去，冰冷的气息突然变得生动。

"别跑！"朝玄说着，追了上去。

逐月在大闹与追逐中找到了久违的年少时光，之前因躲避而冻结的心中的坚冰慢慢融化，那个原本应是敌人的少年却成了他寒夜中的暖灯。他知道在他所生活的时代，人们的命运刚开始就被定了大半，国王的孩子就是皇子，祭司的孩子就是下任祭司，奴隶的孩子还是奴隶，祭品的家人就只能是牺牲品，这带来的是难以逾越的鸿沟。可在漂泊的异国他乡，再深的鸿沟也被填平了。

黑夜下的森林逐渐模糊，升腾起了盛夏不该有的雾气，无光的雾气让暗沉的夜更加幽深。黑暗在雾气中被趁乱打翻，那暗色便一泻千里。

逐月在雾气中逐渐模糊了视线，与他嬉戏的少年突然不见了踪影，他又成了孤独一人。他听到了辽远又带着哀怨的声音，茫茫的雾气突然在某处散开，紧紧地以那处为中心围绕开来，那里是燃烧着的一团火焰，火焰中是一个穿着火红色衣服的少女，但眼神早已不再懵懂，反而十分洒脱。

见到逐月靠近这个原本无人之地，她让火焰迅速蔓延开来，逐月很快就被火焰包围。

"我只是路过。"

少女看了看逐月，确认他只是无意闯入，才收了火焰。

"你是……晴空。"逐月终于想起了她是谁，晴空曾是金乌一带的名医，后来的事他也略有些听闻。即使是关上门的家事，还是没有不透风的墙。

"从前是。"晴空的眼里升起火焰，言语中似乎有一把利刃在割断不堪的过去。

"改名了？"逐月丝毫没发现什么异常，直到他看到了晴空身后的树木透过晴空身体朦胧地显现，才发现晴空是半透明的，自己面对的是一个灵魂。

"为什么？"他想到晴空如果还活着，也不过二十多岁。"森林太偏僻，也太寒冷了，如果进入轮回道，睁开眼睛又是新的人生了。"

"新的人生？"晴空的眼里掠过嘲讽又无奈的目光，她对人生，无论是怎样的人生，都已经绝望。

"那个时候，你又会有新的生活。"他的眼眶慢慢被泪水浸湿，只感觉在森林中发现了和自己一样的同类。

"在所谓新的人生里，也会是这样悲惨的人生吧?"晴空早已看透了她的灵魂在每一段人生中必须经历的磨难，而人生在很多时候总是大同小异。

这样的回应，拉远了逐月和并不熟悉的晴空的距离，那是和他截然不同的人生，以一种外表平和安宁的方式走向毁灭。

"不用同情我，你也一样。"

"你记得我?"

"你像是逃难的。"

逐月看了看自己被湖水染黑的衣服，却觉得自己像个暗夜中匍匐前行的王，没想到在晴空眼里这就是落魄的象征。

"放下你的仇恨吧。"背后响起了一个威严的声音，逐月回过头去，是流昭。

"流昭。"她挑衅着，以新一代昭世君的姓名来回应他的训诫。

"生者不宜与灵魂交流。"流昭说着，把逐月推出迷雾。

"你也是灵魂。"晴空说。

"仇恨太深，不宜轮回。"流昭义正词严地说，就像在宣誓一般。

"轮回了又是重复的人生，你又得来这里找我。"

"只要明辨是非，多行善事，就会得到好报。"

"什么是是非善恶，你告诉我。"

"劝你放下仇恨，再这样下去，你会成魔。"

"如若不成魔，我不离开这深林。"晴空燃起熊熊烈火，竟使流昭也退却了三分。

"当你成魔那天，就别怪斩妖除魔时被消灭。"一向平静的流昭突然大怒，他生平最恨妖魔鬼怪。

逐月在他们的针锋相对中缓缓睡去。

4

逐月醒来时，发现雾气已经散去了，透过树叶缝隙的月光让他看到身边的朝玄。

"你醒了。"朝玄问。

"刚刚你去哪了?"

"刚刚我们走散了，然后就看到你睡着了。"

"我刚刚看到晴空了，你也许知道她。"

"她是金乌的名医。"

"她已经去世了。"

朝玄感到灵魂深处被重重地撞击，一直以来，她穿梭在金乌的大街小巷，驱逐疾病与痛苦，成了光的象征。

森林中的灌木丛被摩擦击打的声音打断了他们之间的默契，朝玄看到不远处的灌木丛的不规则摇动和含糊痛苦的声音。他拨开了灌木，却发现了地上躺着一个人，血污沾满了他的脸。

"你是?"朝玄问。

"海盏。"

朝玄忍住了笑，只因想到了离桢曾对他说过的那些话。离桢总是和他吹嘘那场战斗自己的胜利和海盏的狼狈，连海盏最终的死亡也带着夹着尾巴逃的滑稽感。

"你和离桢打过一仗吧?"

"我是和他打过一仗，他是个勇士。你也认识他?"海盏淡然地说。

"是的，你不是战死了吗?"

"他这个人，喜欢吹嘘。"

"需要我扶你吗?"朝玄伸出了手。

海盏握住了这只手，慢慢地站起来。朝玄在他眼里看到了一种高于离桢的英雄主义。

"我叫朝玄。"

"幸会。"

"你知道科林怎么走吗？"

"往那边走。"海盏说着往森林深处走去，朝玄和逐月紧跟着他。

"你怎么这么信任他？"逐月小声地问朝玄。

"人人都称他为君子。"

"然后你就相信他？"

"也没其他人可以帮助我们了。"

海盏带着他们深入森林的深处，道路也愈发狭窄，可是当他们走到两棵枯树中间时，一条大道突然出现了。随着走动，太阳出现了，接着出现了热闹的城池，来回叫卖的商贩，如织的游人；人们穿着短衣，楼房高耸入云。人们的生活总是相似，只是这里出现的是他们的世界不曾有过的景象。

"这不是科林。"逐月冷冷地对海盏说。

"科林还在更远的地方。"海盏说。

"别想骗过我。"逐月以朝玄无法阻拦的速度抽出海盏的剑架在他脖子上。

"你也太低估朝云国的将军了。"海盏说着，一把夺过逐月手中的剑。逐月因巨大的冲击力向后倒去，却在快撞到地面时被海盏一把搂住。

"站住，你们被包围了。"身后是洪亮的不可置疑的声音。

等他们抬头，发现周围是成群结队的骑兵，他们穿着银色的铠甲，握着长枪，骑在高大的白马上，是和他们的世界完全不同的骑兵。

第二十一章　归家

1

他们被带到了一个山洞一般的地方，里面富丽堂皇，但色调阴暗，接着门被狠狠地关上了。

"为什么要抓我们？"逐月问那个坐在黑色王座上的人，那人穿着肩上带着银色盔甲的黑色华服，戴着银色王冠，脸色苍白，他似乎是这个世界的王。

"杀了他们。"国王对两边的侍卫说。

"理由是什么？"海盏问。

"预言说过，你们会在这一天毁灭这里。"王座上的国王昂起头，微弱的光芒照在他的脖颈上，显得他更加苍白。

"做了他们。"国王对侍卫说。

两边身穿铠甲、看不清表情的侍卫点燃了火炮，一声巨响后，朝玄睁开眼睛，发现他们身处无人的山洞，山洞中隐隐透着彩色的光线，但依然无法驱逐黑暗。

"这是怎么回事？"逐月问。

"也许刚才都是幻觉。"朝玄触摸着山洞的岩石，有了磨砂般真实的触感。

朝玄回过头去，却看到了逐月愤怒的模样，他眼里满是怒火，恶狠狠地对他说："我早就想结束你了。"

"为什么？"朝玄不敢相信自己的眼睛，为什么刚刚和自己和好的逐月又出尔反尔。

"祭司，你太蠢了，我们怎么可能是朋友？"逐月的眼眶被泪水染红。

"我太轻信你了。"

"去死吧。"逐月拔出剑，对朝玄猛地一击。

朝玄感到了背叛，更是与整个世界的完全背离，他完完全全是一个人了。朝玄拔出了海盏腰间的剑，和逐月打斗。可是刀兵相见也不能让逐月停手，打斗更加猛烈了。朝玄感到眩晕，他最后的目光就停留在逐月苍白而狰狞的脸上。

"这是幻境。"海盏大喊道。

在这声坚定的吼叫声响起后，逐月的剑掉落在地，朝玄径直摔在了地上。

"刚刚我感觉被什么控制了。"逐月扶起摔倒在地的朝玄，身上的伤口却刺痛着。

"这是一种幻境，执念最深的人会看到他最恐惧的景象，另一方会成为他害怕的样子。"海盏说。

"为什么你没事？"朝玄问。

"我与你们没有交集，更谈不上执念。"海盏说。

"没事吧？"逐月问朝玄。

"要是海盏不说，你会不会杀了我？"

"我被控制了。"逐月的眼中此时掩藏了歉意，被他一向坚毅的眼神所掩盖。

"是吗?"

"别在幻境里吵架。"海盏按住朝玄的肩膀说。

随着一声巨响,山洞的一面迅速坍塌,坍塌的山岩中走出一个穿着铁片衣服的怪物,以猝不及防的速度用它巨大的手掌向他们劈去。

"小心!"逐月以更加迅速的速度推开朝玄,海盏则护在他们前面。

海盏飞起跳上了怪物的肩,却发现它毛茸茸的身体坚不可摧。

"快跑,我拖住它!跑出山洞,幻境就消失了。"海盏对朝玄说。

朝玄拉起逐月向山洞另一边跑去,却发现了山洞的尽头守着几头比刚才更加高大的毛茸茸的怪物。它们像乌云一般聚来,像洪水一般冲向他们。

"这是假的。"逐月看似不经意地说。

可高大凶猛的怪物就在这轻飘飘的一句话下魂飞魄散,他们独自面对着空荡荡的山洞,没有强光,只有微弱的光点。

突然间开始地动山摇,山洞顶端的顽石雨点般坠落。

"这里也许都是假的。"逐月淡淡地说。

于是山洞消失了,只剩下开始漆黑的王座和王座上的国王。

"他们没死。"国王对阴影中的侍卫们说。

"能从幻境中活过来的人实在是罕见。"一旁的侍卫说。

"上大刀。"国王冷冷地说。

几个侍卫举起桌子上的刀,极有仪式感地把刀递给了领头的侍卫,他举起刀砍去,逐月这才感到了真切的危险,他一把护住朝玄,可是这时已经晚了。

但就在这时,昏暗的王宫之外,响起了阵阵轰鸣和金戈铁马的碰撞声。

宫墙坍塌了，千军万马从裂缝中冲了进来，领头的将军杀死上前抵抗的侍卫后一剑了结了国王。

这场战斗至此停止，将军拿下了头盔，原来金色的头盔之下，竟是沧溟，沧溟望向了逐月的方向，似乎回想起了当初的故事。

"你还活着，而我却走了。"逐月望向沧溟，又想起了初见的那天，他忽略了沧溟的阴郁与古怪，只记得那天破旧屋顶上透下的阳光。

"我也只能在这里活着。"

"你终于做上王了。"

"说来你也算我的第一批臣吧。"

"我是你永远的后盾。"

"得了吧，你什么也没做。留下来不？"

"我想到科林去找我的远亲。"

"带上这个，走出宫殿的后门，就是那里了。"沧溟下了马，给逐月戴上了血红的玉坠。

"我会永远想你的。"逐月扑进了沧溟盔甲覆盖的怀里，泪水打湿了金色的铠甲。

"不用想我，永远不要。"

最后的时候，沧溟看着逐月远行的背影，只觉得恍如隔世，本该和他共生的人死了，而本该为他的霸业牺牲生命的人却在不该出现的世界和他共生，只是这时他已不需要对方牺牲了。再次相遇，只能让他们感叹世事无常。

2

"他是谁？"在离开皇宫的路上，朝玄问逐月。

"他就是沧溟。"

"真像个帝王。"

"他就是个傻瓜。"

"可他终究当上了帝王。为什么不留下来？"

"这里是幻境，活着的人不能在这里久留。"海盏一本正经地说。

"当然是幻境，不然那傻瓜哪能当上王。"逐月虽看起来像调笑，其实泪水早已溢满眼眶。

他们终于走到了尽头，朝玄轻轻推开了门，阳光照了进来，在踏出王宫的那一刻，远房小姨家就出现在他们眼前。

那是一间低矮的屋子，墙上刷着的红漆已经褪了色，褪色的墙上孤零零地关闭着两个窗户，门前是破旧而院墙高耸的院子。若不是现在的情景，这就是一间简单到不能再简单的屋子，连旁边同样朴素的屋子都显得富丽堂皇。可就是这样一间屋子，却倔强地在破旧的院门上挂着"蓬山"两个大字。

蓬山是传说中的仙境，历代帝王寻遍道士，拜尽神佛，都没有到达蓬山，而此时逐月却到达了朝思暮想的地方。

这里不是蓬山。

是一间破旧低矮的平房。

这里是仙境。

是可以让逐月成为他自己的地方。

第二十二章　故乡

1

逐月在门前伫立了很久，那扇破旧的门后面，是他和蔼的远房小姨，或许在桌前做着刺绣；是他朝思暮想的姐姐芊眠，此时不知道在做什么。

逃亡了太久的人往往会对温暖的终点产生陌生感，他不敢相信这是自己的家，仿佛那是一个不能触碰的幻境，只要稍加接近，就会灰飞烟灭。

"怎么了？"朝玄问逐月。

"没什么。"

"那是你家啊。"

"嗯。"

"回去吧。"

"可你怎么办？"

朝玄沉默了。他已然没有故国，也没有家了。

"来我家吧。"逐月说。

朝玄感到悬起的心以光一般的速度落地了,却在落地时钻心地痛楚着。他跟着逐月走到了门口。逐月抬起手轻敲了几下门,却感觉有千斤重。

"我先走了。"海盏说。

"再见。"朝玄向他告别。

"再见。"

"不过你会去哪?"朝玄问。

"我经历过毁灭,不会再毁灭了。"说着,海盏就消失在了道路的尽头。

逐月又重敲了几下门。门开了,门后是他朝思暮想的姐姐芊眠。芊眠见了他,立马把他拉进屋子。朝玄走进的时候,却感觉自己是相隔千里、在远处的山峰上遥望这间低矮平房的旅客。

"小姨,逐月回来了。"芊眠对小姨说。

"饭烧好了,马上就可以吃了。"小姨看到逐月后并没有表现出激烈的情绪,而是像无数个幸福美满的家庭那样让他坐在桌前吃饭。

这样普通的亲切却让逐月感到了距离和虚幻,他甚至怀疑之前的经历是否真实,是否是一场长梦,而他在这时醒来了。

"这是谁?"芊眠看到了朝玄。

"是我的朋友。"

"怎么感觉在哪里见过?"

"我是朝玄,当时多有得罪。"

"你是怎么活下来的?"

"璧海救了我。"

"姐姐,事情或许不是那样的。"逐月说。

"当初是谁要杀我?"

"是一个被人们传说了很多年的谎言。现在他醒了，和我们一样，与这个谎言彼此为敌。"

"他是祭司的后人，也终将成为祭司。"

"我会赎罪的。"朝玄平静地说。

"好了，别吵了，来了就是客。"小姨端着刚刚煮好的饭菜走过来。她的语气平和自然，就像无数个家庭招待客人那样，逐月甚至觉得之前发生的一切都是虚幻的，直到走进这间平房才是真实。

争吵暂时平息了，他们在桌子的四角入座。

一片静默。

2

夜深人静时，芊眠又想起了金乌，那个让她必须成为祭品的故乡。她不会忘记她痛哭着进入学府的第一天，教导她的是璀然。他用权杖狠狠地敲了三下后，向她描绘了太阳神的国度，告诉她她的一家都在那里等她。

在璀然的描述中，世上有赐福金乌的神，而她必须相信这些，然后以遗忘自己的形式在他人眼里活下去。

就这样，在某些时候，连她自己都忘了自己深刻的悲伤，就这样，她接受了自己被强加的"罪"，有时候，她忘记了复仇与逃离。

可是慢慢地，出于对死亡的恐惧，她想起了最初的倔强，想起了亲人在离自己不远的地方以光明正大的名义被害。她感到情感的复苏，以绝对的清醒回顾自己的十年时光，一切都在操控中风平浪静，但最终会让她心甘情愿走向死亡。于是她暂时逃离了，而逐月也从她意识的"已死"中复生。

当她逃到了遥远的小姨家时，本以为逃离了金乌的黑暗，等待着逐月的归来。而逐月归来时，却带着她曾经的阴影。

然而在这世上，一切看似亘古不变的事物都可能在猝不及防的一瞬间变得截然不同：她从奴隶变成祭品，从祭品变为逃亡的人；逐月从"死"中复活；似乎是永远置身于高高祭坛上的祭司朝玄也跌落祭坛，成为他们的同路人。

3

璧海带着几分忐忑走进了父亲的书房，他从未恐惧过什么，却在此刻感到恐惧。

"你带来的人是不是又犯事了？"璧霖坐在雕花的棕木椅子上，语气平静地问璧海。

"我已经诛杀了他，请父帝放心。"

"你已经不止一次把人带到青竹宫了。"

"可我生平最厌恶人，和他们接近也只不过是为了研究。"

"只怕你最终也会变成你厌恶的样子。"璧霖猛地一拍桌子，璧海意识到了事情的严重。

"请父帝放心，下次不会了。"

"作为本国皇子，你可以为祸人间，但不能扰乱宫廷。"璧霖说着，两旁的侍卫聚拢过来，一把抓住了璧海。

"你不再是皇子了。"璧霖说。

侍卫紧紧抓住璧海，一路向北，把他扔下青山崖。

4

他在异常的平静中向人间坠落。他失去了一切，在这种时候，心情反而变得平静如水，昔日的繁华正在以快速坠落的速度与他背道而驰，眼前模糊一片的杂乱人间正在逼近。

从那天起，他再见不到繁华的透着水绿色的巍峨宫殿，也再回不到平静宁和的青枫国；从那天起，他是一个永远回不到故乡的流亡者。

深刻的思念让他更加渴望瞬间的毁灭，一切都在猛然消亡的那一刻释放出所有能量，就像猛然燃烧的火焰一般。

最终他还是落地了，地点是一片山林，雾气缭绕，天空是绝望的灰色，但在这样的暗淡下，树叶的绿显得更加青翠，耀眼得像在对抗天空的阴霾。

他向雾霾的深处走去，树木由稀疏变得茂密，光渐渐在交错的树枝间消失。

"想毁灭吗？"一个沧桑的带有回音的声音问。

"想。"璧海斩钉截铁地回答。

"来吧。"

璧海隐隐约约看到森林深处的木楼。楼并不高，但气势恢宏，雕花精致。他走了过去，推开了那扇门，却发现楼里空无一人，只有墙壁上花纹奇异的浮雕，当他再次推动那扇门，却发现门的位置已经变成了一堵墙。

"你就是毁灭之神。"那个声音再次响起。

"你是谁？"璧海问。

"这不是你能知道的事。"

"你在哪？"

"上次来到这里的神是流昭，然后他当了昭世君。"

"放我出去。"

"这是你的命运，直到你成为毁灭之神，才能出去。"

第二十三章　东街

1

新年到了。

门外总是传来鞭炮的响声，还有孩童们嬉戏欢闹的声音。在这样的日子里，他们却只能待在家里。自从回了家，他们再也没有出去过。可转眼间，除夕夜到了。

"今天除夕夜，你们可以出去，去东街集市玩。"小姨包着饺子说。

"太容易被发现了吧？"芊眠说。

"总是躲在家里也不是个事，你们每人蒙个脸出去吧。"小姨说着拿来了三顶带着面纱的帽子。

朝玄接过了那顶带着面纱的帽子，逐月拿了另一顶。

"我不去了。"芊眠没有接过最后一顶帽子，与敌人同戴一顶帽子是对她最大的羞辱。

"你们快去快回。"小姨对他们说。

2

新年的东街尤为繁华，不仅有平日里卖东西的小铺，还有络绎不绝的游人。他们通常拖家带口，走过一条街就能看到好几对青年男女带着几个年幼的孩子，一路上孩子的欢声笑语伴着成人的说教；还有些少年结伴而行，打打闹闹；也有小孩子不知道因为什么事，在大路中间大哭大闹，母亲安慰，父亲斥责。面积不大的集市，却汇集了人间百态。

越是这样的热闹温馨，越是让他们感到寒风阵阵。这样的自由，永远不属于他们；这样的温情，永远不会靠近他们。

烟花在夜空中绽放，又很快凋落，再次绽放在夜空的又是另一朵烟花了，就这样周而复始，死而后生。集市上的人们也在刹那间换了一批又一批，一切都在流动着走远，流动着消失。

如果一切都消失了，还能留下什么？逐月这样想着，走过了一条又一条张灯结彩的街道。

长久囚禁后偶然的自由让他更不安，他害怕这样的自由转瞬而逝，而这样的自由必将转瞬而逝。

"那边还有皮影戏呢。"朝玄说着，奔跑着过了挂满了灯笼的石桥。

"不看。"逐月几乎是斩钉截铁地说。

"听小姨说，每年新年石桥边的皮影戏都很有趣。"

"你们的有趣就是我的无趣。"逐月知晓自己内心深处的嫉妒，已经荼毒到了嫉妒别人身上发生的任何一件不算太坏的事，更别说他人日常的幸福了。

"知道了。走，去西街那边，那边的集市应该不会勾起你什么回忆。"朝玄拉起逐月向西街走去。

西街的集市以文玩为主，文玩多已古老得掉了漆，露出里面的青铜。人们的头顶上却偏偏挂着艳俗的灯笼，把地上和空中硬生生地分成了两个世界，泾渭分明。

今天是除夕，还多了一项桥头放烟花的活动。石桥的几个石柱上捆了礼炮，礼炮会每隔一个时辰放出烟花。烟花也不是真正的烟花，而是彩色的小纸片，它们被礼炮送到不高的空中，然后再纷纷扬扬洒落在石桥上。

礼炮突然响了，彩色的纸片被发射到空中，逐月以迅雷不及掩耳之势拔出了腰间的油纸伞，挡住了纷纷扬扬的纸片。

"新年烟花中的纸片承载的是新的一年的喜气。"说着，朝玄伸出手，抓住了飘飞的纸片。

子时的钟声敲响了，空中布满了火红但又短暂的花火。

3

北市是琳琅满目的饰品，光是项链就挂满了一条街。在花火的辉映下，金色的项链显得更加华丽。

可是在潮水般的人流和无数首饰中，逐月却看到了角落里的那个吊坠。红色的线穿着一颗珠子，珠子已经有点发灰，里面围绕着云雾一般的游丝，珠子下面挂着一块小小的牌子，上面写着"瀛洲"，牌子下面挂着红色的流苏，孤零零地被挂在横木上，在热闹的景象中显得格外扎眼。

逐月不假思索地买下那个挂坠，却招来了朝玄的不解——挂在明处满目琳琅的吊坠他不去看一眼，却去看角落里一个蒙了灰尘毫不起眼的吊坠。

"为什么买了这个？"朝玄问。

"这个叫作'瀛洲瑀'，传说中是护一方平安的护身符。你作为祭司应该听过吧?"逐月看着珠子里的云雾,一动不动,他的眼睛在挂坠的照映下愈发明亮,就像已经到达了那个烟雾缭绕、永远不会被涤平的仙山那样。

"我在书上看过。"朝玄本想说挂坠做工粗糙,可逐月眼中映出的那座虚无缥缈的仙山的凉风吹散了他对那个不起眼的吊坠的鄙夷。

"瀛洲在东海,仙山上有灵芝仙草,有玉石,有玉醴泉,饮了泉水就长生不老。可是世上的一切都会衰败,只有在那里,万世长存。"逐月说着,遥望远方,远方是高高挂起的红色灯笼,再远一点的地方是盛开着花火的夜空,更远的地方,是神明的居所。

望着空中热烈而转瞬即逝的烟火,在喧闹的声响中,朝玄仿佛看到那座名为瀛洲的仙山,在一片人声鼎沸中,飘然升起于遥远的夜空。

第二十四章　坠日

1

在炎热的夏日到来之时，金乌密探到达的消息在科林迅速传开，随之而来的是有关金乌的故事，有关逐月和芊眠的出逃，有关朝玄的背叛，有关离桢的死亡与厚葬。

小姨也知道了这个消息，因此叮嘱他们无论如何也不要出门。

朝玄、逐月和芊眠围坐在缺了一条腿的桌前，打发着不能踏出屋子一步的余生。

"是夏天了。"朝玄望着窗外耀眼的阳光说。

"是啊，夏天了。"逐月回应道。

窗外的阳光不顾院墙的阻隔，暴烈地把光辉透入窗里，似乎宣示着外面那个世界的光明，也宣告着他们的禁锢。

"躲得了初一，躲不了十五。"芊眠的目光回避着阳光，她感到金乌的一切都透过光芒，进入了这间小平房，他们永远无法逃离。

"别说丧气话，多美的夏天。"小姨望着窗外说。

逐月望着窗外，却不见绿意，只见灰蒙蒙的院墙遮蔽了一切绿色。

2

离桢死去的事最终还是被逐月知晓，虽然环境闭塞，但是仅仅三面院墙和四面屋墙难以阻挡外面传得沸沸扬扬的消息。

那天逐月在门前看到了一张有些陈旧的报纸，上面写着在金乌举行了离桢盛大的葬礼，在太阳光最强烈的那一天。

金乌几乎所有的人都围在了祭坛旁，穿着白色的长衣，在朝玄父亲，也就是现任祭司安邦的指挥下，乐队开始奏哀乐。四个壮丁抬棺前行，道路两旁是默哀致意的舞者。

"太阳神的子民们，今天我们失去了一位英勇的、羲和名下的将军。他以他的一生侍奉羲和，效忠羲和在人间的代表陛下嚣尘，为羲和的土地神圣的金乌开疆辟土，征服四国，勇夺碧云台，斩杀敌人数万。今日他功德圆满，飞升九天，天门大开，回归故里。金乌不会忘记他，他的名字将永远记载在金乌的史册上。"

安邦说完，舞队开始行跪拜礼，壮丁走上祭坛，抬着离桢躺着的水晶棺，向绿草如茵的草地走去。

离桢在一片哭泣声中被埋葬在一片丰沃的土地，大理石的墓碑上写着："羲和的忠实信徒，陛下的忠诚将军，在此重回天门。"

3

逐月拿着陈旧的报纸，心情却愈加波澜起伏，仇人的死去并没有让他感到一丝一毫轻松，盛大的葬礼甚至掩盖了死亡本身的含义。他回想起离桢：他穿着铠甲的样子、以最神圣的名义杀死自己家人的样子、在青云殿救出他的样子。只有这样的身体，才能被记住，只有这样的身份，才能被致以最高的敬意。

"你的朋友死了。"逐月对朝玄说。

"谁?"朝玄问。

"离桢。"逐月走过去，把报纸给了朝玄。

朝玄接过了报纸，却又迟迟抬不起手臂去看报纸上的内容。逐月也像体恤他的情绪一样迅速走开。

或许是因为离桢无畏的勇敢，朝玄即使在看到关于他葬礼的报道时，也想不到凄凉的死亡和他离去的背影，而是似乎看到了一个雄姿英发的青年才俊策马奔来，背后是巨大的初升的太阳和延绵的山峦。

一连几日，他和逐月都不曾说话，隔阂油然而生。

第二十五章　不速

1

科林的东部闹了饥荒。传闻中，那里已经一个多月寸草不生，饥民们逃离了故乡，涌入科林各地。

那天早上，小姨告诉他们科林已经遭遇了百年一遇的大旱，流民们饥渴难耐，全国各种抢劫偷窃的案件也急剧增加。

"小姨，我们家谁偷啊?"逐月不以为然地说。

"可现在是饥荒。"芊眠说。

"我想保护这个家。"逐月说着，目光逐渐变得坚定。

"小孩子哪要保护大人，应该是大人保护小孩子。"小姨说。

"我不是小孩子了。"逐月只感觉自己已经活了很多很多年。

突然一声巨响，从屋顶上掉下来一个中年人，他衣衫褴褛，面黄肌瘦，手里紧紧攒着一个褪了色的钱包。

"是小偷!"芊眠说。

芊眠和逐月连忙上前去制服小偷，可对方却哭着下跪求饶:

"求你们放过我，我也没办法，我家还有两个孩子，他们三天没吃东西了，现在东部的情况也不好，断粮一个多月了……"

小姨想一把按住他，可中年男子却一把推开她，飞速跑出门不见影子了。

"我们可能暴露了。"逐月眼中似乎带着泪光。

"流光衣呢?"芊眠问。

逐月和朝玄这才找起来，却发现流光衣偏偏在这时候消失得无影无踪，就像从未存在。

2

"我们得离开这里。"朝玄整理着杂乱而破旧的衣服和物品，脑海里萦绕着那个中年男子求饶的样子，一张憔悴的脸在记忆里逐渐变得狰狞。

"又要亡命天涯了。"逐月重重地把行李塞入破旧的包裹。

"走吧。"逐月环顾四周，想把这间低矮平房里的破旧景致尽收眼底，为了在今后每一个逃亡的日子里都能让它在脑海中再生。

"你们要干什么?"小姨推开了门。

"小姨，我们暴露了。"逐月说。

"你们出去会被发现，所有人都在盯着你们。"小姨说。

"可是那个人已经知道了，你、我、姐姐，还有朝玄都要离开这里。"

这时，响起了墙被推倒的轰鸣声，随之而来的是十几个士兵，他们穿着不起眼的铠甲，手中的刀却无比锋利。在他们推开房间的门之前，逐月一把拉过朝玄，躲进了柜子里。

"小姨，快进来。"逐月在柜子里小声说。

"我保护你们，你们躲着。"小姨说。

"小姨，你逞什么强？"

小姨则一把关上了柜门。这时，士兵们破门而入，那扇本就被虫豸咬出好几个洞的门就这样横躺在了地板上。

"交出逐月！"领头的士兵说。

"什么？"小姨假装不知道。

"那个罪人都被我们杀了。"

柜子里的逐月在士兵的辱骂中听到了姐姐的死讯，可他却失去了泪水，在很久很久之前。

"我们这没有罪人。"小姨正色说。

"真是敬酒不吃吃罚酒！"领头的士兵抽出刀，小姨在刀下再也没有醒来。

"给我搜！"领头的士兵一声令下，几十名士兵在狭小的屋子里肆意毁坏。

朝玄在黑暗中感觉一双手掐住了自己的脖子，接着看到了逐月那双冷若冰霜的眼睛。但是他们谁都没有出声，在黑暗中对峙着。

在突如其来的山摇地动中，柜子倒在了地上，然后柜门被打开了，几名士兵看到了暴露在阳光下的逐月紧紧掐着朝玄的脖子。

"别过来，过来，我掐死你们的祭司。"

"那个叛国祭司，已经没有任何价值了，别拿那个废物威胁我。"一名士兵说。

"是你劫走了祭司？"艾凡从队伍后方走过来问逐月。

"不然呢？谁会放弃那么优厚的待遇？"说着，逐月掏出了一把刀，准备刺向朝玄，却在刺上之前被艾凡夺下了刀。

几个士兵上前压住逐月。混乱中，朝玄撞在了柜子角上，深深地睡了过去。

158

3

等朝玄醒来时，睁开眼睛又是儿时祭司殿金碧辉煌的穹顶，只是现在，它又被涂了一层漆，显得更加华美。

"你醒了。"老师璀然淡淡地说。

"老师，我是在……"

"你在祭司殿。"

"爸爸呢？"

"在准备祭典。"

"他什么时候回来？"

"近期不会回来。功课你应该都忘了，马上起来学习。"璀然又恢复了往日里严厉的样子。

朝玄又看到了祭司殿，这里的一切除了刷了一层新漆，一切都和往日里一模一样，似乎他从未离开过。而那个突然闯入他生活的逐月，似乎就像梦中的一阵飓风，在他的生命里翻江倒海后就消失得无影无踪。

"老师，我睡了多久？"

"三天。"璀然的声调依然平稳得看不出情绪。

"之前发生了什么？"

"看来你是什么都不记得了。逐月把你劫走了，现在他应该已经被押上祭坛了。"

"什么？！"

"你的仇，你爸马上会替你报。"

如果祭司殿的祥和抹去了逐月的存在，那么祭坛上即将发生的事就让他重又看到了逐月的身影，一个即将永久离去的身影。

朝玄看到了璀然身边柜子上的花瓶，他猛地一推柜子，花瓶不偏不倚地砸在璀然头上，璀然来不及躲闪就昏了过去。

朝玄跑出祭司殿，一路奔向祭坛。

4

远远地，他看到几个士兵推着一个狭窄的笼子，时刻准备把它推上祭坛。祭祀的音乐已经在这时响起。

当他跑到笼子前时，看到了笼子里的逐月，他也同样看到了朝玄。在短暂的对视后，他开始大喊："给我滚开！"接着，他从笼子的缝隙伸出手一把抓住朝玄的衣领。

"对不起。"朝玄说。

可是时间太短了，他终究没有等到回应。

乐师敲了三下钟。

四个士兵推着车准备上祭坛，朝玄一把抓住了一个士兵的衣角。

"朝玄，你该回去休息了。"母亲这时出现在他身后，强行拽着他回家。

"不要上去，事情不是这样的！"朝玄对那几个士兵喊道。

"你发烧烧糊涂啦？"母亲猛地把朝玄往地上一摔。

朝玄好不容易支撑自己爬起来，却看到逐月已经被捆在祭坛上，他的父亲拿起剑，砍向了逐月。

"金乌的神明羲和啊，愿您永远封印这悖逆的灵魂在万魔窟，永生永世。"父亲庄严地念着。

殷红的血流淌着，染红了整个祭坛。

第二十六章　荒丘

1

那天晚上，父亲在赤轮宫的礼堂举行了盛大的酒宴。这片礼堂极少开放，朝玄之前也只去过一次。

朝玄刚刚踏入赤轮宫就看到了蒙蒙雾气，仆人们在这里劳作，礼堂中间是一片水池，里面倒映着月亮。今夜的月亮很明亮，就像一把擦拭过的弯刀，礼堂中心的池水很清，清得能看到池底的鱼儿，可水中的月亮偏偏蒙着一层雾气。

父亲和母亲坐在主座上欢迎来宾。透过雾气，朝玄觉得他们是那样遥远。来宾都是父亲认识的祭祀界的三教九流，有一些朝玄在小时候见到过，但是印象却都模糊，而逐月的身影却在雾气中渐渐清晰。

朝玄只觉得恍如隔世，那不是归家的欢喜，而是感觉一把尖刀刺入他的心里。只是，那个和他地位悬殊的少年，在闯入了他的生活后却唤醒了他沉睡已久的心，在仇恨中开出了明艳的花朵。而如今，他又回到了雍容华贵的生活，可心里却感到空落落的。

他不会再回来了。他死于祭祀。国王是他的陛下。国王是个凶手。爸爸是自己的爸爸。却是夺走他生命的恶魔。人们在庆典上歌舞升平。蓬山终究不是蓬山。只是一间低矮的平房。

2

五年后，上一任祭司过世，朝玄当上了金乌国祭司。

这五年内，他翻遍了金乌的古卷，可是对用活人祭祀的记载却少之又少，那就像一个自远古流传下来的习俗，世世代代的人们都在做，可没有人说得清起源。

升为祭司的那一天，朝玄站在祭台旁的高台之上，高台之下是乐队和穿着橙红色衣服的舞队。在一片吵闹声中，他又想起了远去多时的逐月。

在升为祭司的前一天，他再次来到了埋葬逐月的土丘，那是金乌边缘的一片荒地，在月色中显得更加荒凉。

那片长着青草的土丘就是埋葬逐月的坟墓，月亮在天上闪耀，追逐月亮的人深埋在荒野的地底。

五年间，在每个月明之夜，朝玄都会来这里，对着月亮念起古老的咒语，以此抵抗万魔窟的囚禁。可是，在人们的口口相传中，那是个无法逃脱的地方，灵魂一旦坠入，只能永生永世受着煎熬。正因如此，朝玄才更加虔敬地念咒语，他早已厌倦了只有前因后果的世界，他想让这样的世界有所改变。

朝玄俯下身来，尽量让自己和土丘一样高。

微风吹动着土丘上的青草，就像在回应着朝玄的话语。

"我现在还留着瀛洲瑞。"朝玄拿出了那个吊坠，虽然已经过去了五年，可它却褪去了原初的昏蒙变得清澈明亮，而传说中那个万世长存的海上仙山终究镇守不住终将消逝的月色。

"又是月圆之夜。"朝玄抬起头看着天空中的月亮说。月亮发出寒冷的光，在阴冷的同时，却又是黑暗中唯一的光源。

"你所在的万魔窟也有这样的月亮吗?"朝玄又想起了自己在青云殿做的那个梦，有人埋葬了月亮，告诉他："死后方生。"

朝玄又念起了咒语，直到东方升起鱼肚白。

"天地明史，日月为鉴，金乌新任祭司——朝玄今日上任。"领奏乐师响亮的声音打破了他最后一点留恋与幻想。

在舞队热烈的舞蹈中，朝玄对着太阳升起的方向点起了三炷香，像父辈那样向着耀眼的阳光拜了三拜。在那一刻，仿佛他逝去的父亲、爷爷、祖祖辈辈都在这里重逢。

3

举行完仪式的那天晚上，朝玄在窗边想起了他的父亲，那是离他很近又很远的人。他永远不会展露一丝情绪，也从没让自己感受到一丝温情，可那个人偏偏是他的父亲。他无数次想靠近他的父亲，却又被父亲冰冷的态度拒之门外，他和父亲永远隔着一条时时刻刻都波涛汹涌的河流。

父亲的遗物就静静地躺在父亲的房间，那是他与父亲仅剩的联结。他推开门，看到父亲的遗物整整齐齐地摆在柜子里，就像父亲从未离开那样，朝玄对父亲生前这种自律的刻板感到肃然起敬。

他翻开了父亲的那些书，虽然是祖上传了很多代的书，却依然一尘不染。红色封皮的，是禁书，只有历代祭司能打开。他翻开了其中的一本，却发现了他不曾想到，也不为人知的话："500 年前，金乌地少人多，寸草不生，为了国家的运转，羲和应运而生，通过征战，通过收编奴隶增加劳动力，用奴隶祭祀稳定人心。"

这样赤裸裸的恶意绑架着朝玄的父亲、爷爷、列祖列宗，绑架着他们必须成为谎言中的迫害者。国王是知情的，他的列祖列宗都和自己的祖先一样知道真相。而人们不知道，祭品不知道，离桢不知道，却为此献出生命。可就是这样的谎言，推动着金乌走过了500 年的历史。

.

第二十七章　金焰

1

典礼的第二天就是国王的召见。嚣尘坐在王座之上，高昂着头，周围是穿着银色铠甲的护卫。

朝玄低着头走进了国王的大殿，因为国王不让任何人直视他的尊容。

"金乌王国新任祭司朝玄拜见陛下。"朝玄向国王跪下时，感觉膝下似乎压碎了自己的列祖列宗，可是他们也曾千次万次地在这里向国王跪下。

"昨夜收到羲和的旨意了吗，新任祭司？"嚣尘问。

"陛下，昨夜我整夜都在与羲和对话。"

"又是赐福于金乌？"

"是的，陛下。羲和希望金乌国年年喜庆、岁岁平安；祝福陛下治国有方、兴礼兴乐、寿比南山；祝福民间五谷丰登、年年有余。天上成为祭品的人已经满了，近些年不再需要了。"

茶杯落地的巨响，震动着鸦雀无声的大殿，玉石在生命的最后一刻掷地有声地传达了天子的愤怒。

"新任祭司，与神沟通是需要训练的，结论也不该是很快得出的。"嚣尘的声音却出奇平静，就像与刚才坠地的茶杯毫无关联。

"是。"朝玄回应道。

"请回吧。"嚣尘依然平静得不起风浪，这来自帝王的平和却让人胆战心惊。

"是。"

2

那天夜里，朝玄想起了很多前尘往事。先是五年前逐月闯进了他的生活，那个充满仇恨的少年，本应是他的敌人，却阴差阳错地化敌为友。他永远记得，最后的最后，那个少年承担下所有责任，洗清了作为祭司的自己，留下了一片杂草丛生的晦暗荆棘地。

而逐月的仇敌——也是朝玄从小的朋友离桢，却离奇地死去，又以神的名义风光地举行葬礼。他为什么死去？一个骁勇善战、不畏生死的将军又怎么会囿于生死的牢笼？

他不苟言笑的父亲也终究离开了他，就连在最后一刻，他依然保持着平日的刻板与冷漠。

"好久不见。"窗外响起了一个熟悉又陌生的声音。朝玄看向窗外，却发现是海盏，他还是像之前那样青春又勇敢，五年间没有一丝衰老，他这才想起他的永生不死。

"是你。"朝玄回应道。海盏的突然出现，似乎让远去的全部记忆重新如潮水般涌来。

"你在想过去的那些事。"

"你都知道了。不过说来，你是金乌的敌人吧。"朝玄想起在自己还小的时候，离桢曾率领着大军征战碧云台。

"曾经是。"

"你杀死了多少金乌士兵？"朝玄想到眼前这个永生不死的人在多年前杀死了无数和自己一样生活在金乌这片土地上的人们。之前因为离桢的勇敢，他不曾这样清晰地想到多年前的光景，可随着离桢的远去，迷雾渐渐散去，残酷的战场展现在眼前。

"你的朋友也杀死了很多朝云国的士兵。"海盏感到视线突然模糊不清，那些多年前逝去的人们似乎在这一刻重现。

"离桢是怎么死的？他在哪？"朝玄问。

"在地府。"

"你在骗我，你是他的敌人。"

"我带你去。"海盏伸出手，朝玄牵住了他的手。

朝玄飞出了窗户，在朦胧中看到了夜幕下的金乌，只有零星的光芒穿破迷蒙的黑夜，平日里那些熟悉的街景都变得模糊，黑暗悄无声息地抹去了一切熟悉又确切的存在。而他飞在高空，只感觉自己无比孤寂。

"金乌有谁能想到，在他们睡着的时候，我牵着敌人的手，飞过了整个国家？"朝玄说。

"这不需要被任何人知道。"海盏对于这句话丝毫不起波澜，只是继续牵着朝玄飞越金乌。

3

地府的门敞开着，门里满是燃烧的火焰，空气中雾气缭绕，就像阴天着了火的森林。

可是偌大的门前却荒无人烟，就像它所履行的职能一样，是"生"的反义词。

"到了。"海盏缓缓降落在地府门前。

"他在哪?"

海盏推开了地府的门,朝玄跟着进去。

"死后的世界也是无边的。"海盏穿行在一团又一团烈火中说。

"就像生前的世界那样。"朝玄说。

海盏在一团最为热烈的火焰前停下了,火焰中是那个曾经骁勇善战的将军离桢。他似乎又想起了生前接受的教导,想起了沙场的征战,在火焰中一动不动,再也不以喊叫回应烈火的折磨。

"离桢,是我。"朝玄看着火中的离桢,就再也想不起别的话。他冲向火焰,想把他救出。

"你救不了他,这里的火焰不灭。"海盏轻描淡写地说。

可是离桢却没有看向他。他早已失去了曾经的记忆,忘了阳光下金光闪闪的金乌,忘了沙场的征战,忘了第一次征战时那个夕阳下挥鞭策马的他。

"是我,朝玄。还记得我吗?"朝玄问着,却感觉眼前的离桢无比陌生。

"他已经忘了,是新的人了。"海盏说。

"死后的世界就是这么残酷吗?"

"遗忘或许也是件好事。"

"离桢,是我,朝玄。你真的不记得我了吗?还记得吗,我从3岁就认识你了,那时你还在练武,我当时并不认识你,只对练武好奇。我走了过来,你当时觉得我妨碍了你练武,想赶我走,可我却缠上了你,你怎么赶都赶不走。然后我们打了一架,你却轻敌了,我用柳条把你绊倒了。再后来,你征战碧云台,征战之前,你还和我道别。然后你凯旋,我见到了你……"

"朝玄,离开这里。"离桢想起了朝玄,想起了那一段段在金乌度过的岁月。

"可你怎么办？"

"流昭就要进来了，快离开这，我在战场那么多年，从来没怕过。"

"你又私闯地府。"身后响起了流昭的声音。

"你只有这时候才会匆匆赶来。"海盏说。

4

在飞回金乌的路途中，朝玄看见，清晨的太阳燃烧着金黄的火焰，从远处青黛色的高山背后慢慢升起。

第二十八章　境迁

1

转眼间人间又是几年，朝玄已经从懵懂少年长成了青年，但这样的成长，并不是缓慢的，而是在一瞬间，抱着不切实际的幻想的心瞬间寒若冰霜。

第二天又是祭典，在祭典上，又会有新的祭品。可是，他早已麻木，在这几年间的无数祭典上，那样的情景重复了千次万次，于是任由灵魂沉睡，因为，他要活下去。

他像往常一样睡去，就仿佛忘了那个他曾永远不想让它到来的明天。自从成为祭司后，他没有再做过一个梦，而是每晚与无边的黑暗为伴。只有无边的黑暗才能隔绝既定的事实，只有无尽的长夜才能熄灭无望的祈望，任何具象的场景和声音都会成为对现实的映射或期待。就这样，他在黑暗中度过了一个又一个夜晚。

可就是那晚，成了黑暗的尽头。在一片黑暗中，他看到燃烧的烈火，烈火中翻滚着无数长着獠牙的怪物般的人，在这些人中间，他看到了一个熟悉的身影，似乎在寻找着什么。当那个身影转过身来的时候，朝玄感到十年前的记忆如潮水般重新涌来，他想起来了，这个地方是万魔窟，是囚禁世间妖魔鬼怪和悖逆的灵魂的地方。

"还记得我吗？"他问。

"你是？"朝玄回应道。

这时他看到，远处的昭世殿的栏杆旁，站着流昭和东君。东君问："为什么不救他？"流昭只是淡淡地说："万魔窟不在轮回以内，那里是他们的终点。"

逐月还是直视着他，在这种凝视中，朝玄感到自己再次沉睡的灵魂又一次苏醒。

"记起来了吗？"逐月缓缓问道。

"你是……你是……逐月。好久不见。"在许久的沉默后，朝玄的目光渐渐模糊。

"好久不见，朝玄。"逐月说着，看不出是悲是喜，晦暗无边的环境似乎抹去了他人间的喜怒哀乐。

"这里，是万魔窟吗？"

"正是。"

"这会是我死后的归处吗？"

"你永生了，而我，永远都会被囚禁在这里。"逐月的身影越来越模糊，面目却越来越狰狞。

朝玄醒了，透过窗户，他又看见了阳光，阳光明媚得仿佛世上一切忧伤都从未存在过一样。

那天又是十年一度的祭祀大典，也是盈日时节，那天的典礼也会比任何时候都要盛大。

2

乐师猛地一敲钟，打断了朝玄的回忆。他意识到自己在祭典上，正举着剑，他的使命就是杀死那个被绑着的少年。他却怎样也举不起剑，这把并不笨重的剑似乎联系着十年间的所有事，也即将串联两起残杀。他的视线慢慢模糊，而那个被紧紧绑着的少年，也慢慢变成了逐月的样子，变成了他最青春的样子，就像十年间的时光只在他一个人身上停止了一般。而朝玄知道，在这十年中，自己的灵魂又在某些时候开始沉睡。

朝玄再也举不起这把剑了，十年前，父亲结束了他，现在，他要结束他；几十年前，他的祖辈在千百年都未改变的祭坛上结束了他，或许，几十年后，他的后代在这里，再次结束他。

他看到了王座上不可一世的嚣尘，嚣尘俯视着一切，也见证着一切，因为他的祖辈创造了谎言，他延续着杀戮。他在王座上，永远屹立不倒，就像永远活着一样。可是，他是天的孩子，是被娇惯的骄子，上天永远不会为他感到愤怒。他的祖辈也是天的孩子，可是天却一直沉默着，从不为他早就任性到暴戾的孩子愤怒。

朝玄要结束这一切。

他平静地走上国王宝座前的台阶，侍卫甚至没有动静，没有人会对一个刚刚成为祭司的青年有戒心。

"祭司朝玄，有何事？"嚣尘依然昂着骄傲的头问作为下属的朝玄。

只见朝玄迅速地把剑插入国王的心脏后，又迅速拔出。护卫队猛地冲上去，朝玄在他们的包围中，再次举起剑，插入自己的心脏，在明媚阳光的照耀下，慢慢倒下。

第二十九章　轮回

1

"这是哪？"

"昭世殿。你现在已经是灵魂了。"流昭握着毛笔，在生死册上飞速写着字。

"那，我能看看我想见的人吗？"

"你们怕是遇不上了，人的灵魂各有去处。"

"我们会遇到吗？"

"灵魂的世界也是广阔无边的，比生前的世界更加广阔。"

"我会去往哪里？"

"现在开始审判。"流昭终于停下了毛笔，直视着朝玄的眼睛。

"小偷小盗，无。信口雌黄，无。往返青楼，无……"流昭一边念着，一边用毛笔划掉生死册上的罪名。

"这么说，我也算个君子了。"

"杀害生命。"流昭在这里停住了。

"可是……"

"没有可是。"

"你要去地府一百年。"

2

去地府的路崎岖不平，崎岖过人间最嶙峋的高山。人世间最陡峭的山路尚且能在白天看到阳光，可去地府的路上，连光亮也没有；人间的夜晚尚有星月，再不济也有深蓝色的天空，可这条路的天空却是血红血红的一片。

走过这座山，在朝玄面前的就是一条奔腾的河了。这条河和天空一样，是血红血红的，河边开着鲜红的彼岸花。

"地府里面是什么样的？"朝玄在河前停步，转过身来问两个差使。

"被火烧。"差使说得极为平静，没有恐惧也没有怜惜。

"在那里，会遇到生前认识的人吗？"

"地府也是广阔无边的。"

两个差使想押着朝玄乘着木制的小船渡过忘川。朝玄正准备跨上船，天边却响起了一个声音："别去，跨过这条河，就是地府！"

那个声音既熟悉又陌生，既年轻又苍老，既暴怒又沉稳，似乎在哪里听过，然后沉寂了很久很久。朝玄朝声音传来的地方望去，他看到了一个穿着黑色雕花长衣，腰间挂着雪白玉佩，背后枕着一团黑气的少年。

"是你吗？"朝玄想起了逐月，可眼前的少年分明没有那种不屈与顽强，有的只是一种颓废的安宁。

"是我。"那少年不假思索又掷地有声地说。

"地府执行公事，闲杂人等不得干涉。"两个差使摆出了一副官腔，可这副官腔并没有吓退逐月，反而让他更加嚣张跋扈。

"我现在是个无处可去的魂魄，可不受规矩的限制。"逐月说着，冲向两个差使，夺走了朝玄，又从腰间拔出玉佩，玉佩化为长剑，两个差使还没来得及过招就灰飞烟灭。

"你不是在万魔窟吗？"朝玄问这个带着他在血红的天空上飞翔的少年。

"怎么，还不希望我出来了？"逐月似笑非笑，似乎还带着几分不满。

朝玄一时间不知道怎么回应，他这才想到，他们已经十年没见了，再见到时，都已不在人间。

"对不起，让你受苦了。"朝玄最终挤出了这句话。

"怎么一段时间不见，就变得这么官腔？"逐月带着几分调笑说。

"总之，很感谢你来救我。"

朝玄抬头看周围，发现天空又变成了蓝色，他这才明白自己远远地离开了地府。

3

"昭世君，万魔窟破了！"东君急急忙忙地冲进大殿，对着正在批改生死册的流昭禀报。

流昭手里的笔停了下来，但很快又泰然自若地继续批改。

"情况如何？"

"逐月带着三千恶灵逃离了万魔窟，恐怕要冲撞轮回道。"

"三千恶灵恶性极强，怕是到了人间，就成了祸害。"

"他似乎还带着一个灵魂。"

"他生前无依无靠，只有朝玄和他交好。他带的灵魂，也许就是朝玄。只是他们的灵魂本是仇家，今生阴差阳错成了朋友。只怕以这样的方式帮他逃脱地府，来生也会成为仇敌。"说着，流昭放下了手中的笔，从昭世殿的窗里飞了出去。

轮回道前，站着的是背负着三千恶灵的逐月和不知所措的朝玄。流昭拔出剑，不偏不倚地划在了朝玄的指尖，殷红的血液飞溅在逐月的玉佩上。

"掌管人间轮回的神，就是这般伪善吗？"逐月直视着流昭，眼里满是睥睨。

"与万魔窟相关的事，我插手不了，只能你们自求多福。只是世上还从未有人冲撞轮回道——冲撞轮回道，大逆不道！"流昭依然不紧不慢地说，常年地面对人间的生死离别，早已让他看淡了一切。人间的喜怒哀乐，不过是过眼烟云，只是人们总把一生看作全部。

"我已是万魔窟中的恶灵，是生死轮回之外的人。世间即便有道，也与我无关。"逐月再次以万魔窟里磨炼成魔的冰冷语调对流昭说，然后猛然撞开了轮回道的大门。

最终只剩下了流昭。他望着被撞得支离破碎、断垣残壁的轮回道。那是他从未见过的景象，一地残垣冲击着他脑海中的永恒。

"真是冒天下之大不韪，也要回到纷纷扰扰的人世间。"追上了流昭的东君云淡风轻地说。

"走过被冲撞过的轮回道，是很漫长的。"

第三十章　碧华

1

人间又过了一千年。这一千年间，可以说是千变万化，人间的朝代不知道更迭了多少次，王侯将相不知道换了多少轮，春去秋来不知道过了多少年；也可以说一成不变，山川还是那座山川，河流还是那条河流，人们还是过着早出晚归的生活。

金乌国早已成了碧华国的一个名为仙都的城市。在仙都的西边，有个叫碧罗的小村庄，就像人们想象中的村庄那样，那里不大，只有二十几户人家，人们早出晚归，耕种着在秋天会变得金黄的一望无际的稻田。

若不是因为那个传言，碧罗村就会像其他小村那样，消失在地图上，遗忘在人们的脑海里。可正因为那个传言，这个小村变得远近闻名。

传言中，有个穿着银色铠甲的少年握着剑，望着总是灰蒙蒙的天边，在村头那棵老榕树下，一站就是一整天。若是下了雨，他就撑起一把白色的伞，在漫天银丝中望着远方的青山。刚开始，人们以为是哪家痴情的孩子不务正业，在等待归人。有人路过还时不时挖苦几句，可少年总是微笑着回应。随着时间的流逝，村里的人慢慢变老，而少年还是像当初一样充满朝气。村里的人换了一代又一代，而他依然每日在村头等待。

他一站就是一千年，在每日一成不变的等待中淡出了世界，成了无尽时间的一部分。任何人世间的事都动摇不了他。五百年前，北方的国家入侵金乌时途经这个小村庄，让少年让开，可少年一动不动，将军生了气，就拔刀砍向少年，可却被这少年打得落花流水，只能弃甲而逃。少年成了英雄，村民们上前感谢他，尊称他为"村庄的英雄"时，他却毫不留情面地说："我不是为了保护村庄。"

在这一千年间，这个少年在村庄前等待归人的消息传遍了天涯海角。那个时代，没有发达的交通和通讯，很多人不曾去过那个小小的村庄，可几乎所有人都知道那个遥远的村庄的老榕树下，站着一个穿着盔甲的少年，等待了很多很多年。

无数的人们经过，问他的过去，他避而不谈，问他的未来，他不作回答，他只是每天都站在老榕树下默默等待。人们以为他会一直站下去，他成了一个永远不变的、与永恒融为一体的印记。

可就是在那一个夜晚，他因为一声婴儿的啼哭而回了头。接下来的一切，打破了一千年来不变的宁静。他朝婴儿啼哭的地方飞奔而去，终于在村尾一圈稍显破旧的栅栏前停下。透过窗纸的剪影，他看到一个女人抱着刚生下的孩子，旁边还站着一个高大的男人。

"谁！"那个男人冲出屋子，粗犷的声音响彻了整个村庄宁静的夜空。

少年连忙跑远，只留给那个男人空空荡荡的夜景。

2

第二天清早，榕树还在村头摇晃着它一头繁盛的绿叶，可树下的少年却消失不见。虽然少年一直和村里人少有交集，但人们的心里空落落的，这天的榕树下，聚集着讨论少年的人们。

有人说他定是觉得在碧罗村站了多年，想换换地方了；有人说他本是天上的神仙，已经回到天上；有人说他一定是等到了归人，与她一起夜奔。可一个路过村庄的戴着斗笠的过路人却一本正经地说，昨天晚上，他路过碧云冈时，听到了长久的哭声。

碧云冈是碧云台的遗址，一千年的时光，让一个本是一片繁荣的城池彻底变成了荒郊野外，再也没有国家为之战斗。过路人说，午夜时分，他看到一个穿着盔甲的少年，俯身摸着一排排已经被侵蚀得看不出形状的墓碑，哭着对它们说为他们复仇的日子要来了。

"一千多年前，那时的金乌国和朝云国为争夺碧云台打了一仗，双方损失惨重。最后金乌赢了，朝云国惨败，朝云国的将军海盏被金乌国将军离桢所杀，还被下令拖了三圈，扔进了青枫林。"村里那个屡考屡败的书生说。

"朝云国将军可有后人？"

"他很年轻就战死了，没有留下后人。"书生摇着头说。

"那这位年轻人是？"

众人一时间不知如何作答。一个人以长生不老的形态在村庄前等了一千年，这就很令人不可思议。

"或许是天上某位神仙看不惯朝云国的惨败吧，就对金乌出手了。"过路人说。

"可现在的金乌和朝云都是碧华的一部分了，当年那些人也去世了，他找谁复仇呢？"

可就在人们议论纷纷的时候，那个少年回来了，还是意气风发的模样，没有一点哭过的迹象。

"怎么，都在找我？"那少年云淡风轻地走到老榕树下，似乎又是在等谁。

"你就是那位要复国朝云的神仙？"

"我不是神仙，一介凡人而已。"

"可是你活了很多年，从我的爷爷开始就见过你。"

"长寿而已。"

接着，任凭人们怎么问，少年都不再回应，只是望着远处的天空，眼中闪着如释重负的光。

3

日子一天天过去，人们又对少年站在村头的日子习以为常，只是自从那次他失踪后再回来，就少了些焦虑，但却多了如临大敌的沉重。他不再总是在村头从早站到晚，而是会在村里走来走去。

就这样，日子一晃又是六年。在这六年间，发生了很多事，比如今年张家的田长出了大片的水稻，比如村头李家举家搬家，或又是王家和邻村孙家喜结连理，但是还是有很多事情没有一丝改变，一千年也没有改变。

少年那日又从村头走到了村尾，在村尾那棵树下停下。突然从路旁的屋里冲出了一个六岁的孩子，大哭着冲出了家门前破旧的栅栏，追他的是一个有些苍老的女人和一个大他几岁的孩子。

"妈，我要去学武！"那孩子大喊道，看起来俨然不像一个六岁的孩子。

"回来！"那孩子的母亲大喊道。

"妈，你答应的！"

"那是你一个月不犯错的奖励，你还没给哥哥道歉！"

"我没偷哥哥的东西！"

"你这小孩，还嘴硬！"

"妈，他就是拿了我的竹蜻蜓。"那个大点的孩子说。

"晚上别回来！"愤怒的母亲"砰"的一声关上了房门。

"我是无辜的！"那个孩子大喊道。

少年在一旁目睹了这一切，只觉得旧日沙场的征战和惨败后的萧条穿越了千年的时光，再次袭来。

"我没有做错！"那孩子的喊声击碎了少年的念想，但念想被击碎后化成的碎片比可怕的回忆更锋利。

少年压抑了千年的愤怒在这一刻冲破了理性，他不顾村里路人的眼光，上前一把拎起了孩子，几乎是咬着牙说："你的罪恶总有一天遭到天谴，我现在可以放过你，可你记着，你总有一天要偿还！"

"你又是谁？放下我！"那个孩子一点都不畏惧，而是大声斥责少年。

少年一把把孩子扔到草丛中，重又望着远方的天空。

"离桢，你就是化作灰，我也认得你。"

第三十一章　予春

1

"殿下，又是红尘巡游的时节了。"昭世殿中，早已在漫长的囚禁中成了仙的离镜对在窗台前凝望的昭世君禀报。

"知道了，退下吧。"流昭凝望着一片雾气中的凡尘俗世，漫不经心地对离镜说。

红尘巡游是每任昭世君二百年一次要做的任务。巡游的三个月间，要看人间有没有饥荒困苦、兵荒马乱，还要看有没有祸乱人间的妖魔鬼怪。这样的巡游，世间的人们大多不会察觉，历任昭世君都会打扮得平凡朴实，就像无数路人一样。但是如果看到饥荒困苦，就会躲在角落里偷偷做法，若是旱灾导致饥荒，他就降雨；若是洪灾导致饥荒，他就收水；若是贪官污吏搜刮民脂民膏导致饥荒，他就降下雷雨，但偏偏只把闪着电的乌云放在贪官污吏的府邸上。若是两国激战已久，他就假扮使者去讲和，可这样的任务降在流昭头上，次次都让两国的战况愈演愈烈。至于收服妖魔鬼怪，对历任昭世君来说并不是难事，因为没有几个妖魔鬼怪能斗得过昭世君。

"殿下，明天就是您红尘巡游的日子了。"东君上前对流昭说。

"知道了。"流昭依然望着远方的人间出神。

"殿下，以往您不是最盼望出昭世殿的吗？"

"人间和昭世殿又有什么不同呢？都是悲欢离别、生老病死那些事。之前审判人们，我都心存怜恤。可这千年的时间过去，人们的生活还是那样，很多人喜欢在昭世殿里发誓，甚至生前就发誓，来生一定要怎么样，可来世却还是一个样，然后再盼望着来生。再繁荣的事物可能在一瞬间就荡然无存，再荣华富贵的人生来世可能会一无所有，而'来生'虽然在人间显得有些虚无缥缈，却能让生活在悲惨中的人萌生希望。一切都短暂得可怕，人们却永远看不透。"

"可是殿下，我曾经也是人，正是因为不知道人间背后的一切，我们才会有幻想，有期盼，有热情。"离镜对流昭说，他感觉此时的流昭似乎不像往日那样遥远，在他俯视人间的困惑中，离镜感到了一种亲近感。

"你们的那些情感都是因为蒙昧而产生的，转瞬即逝。"流昭还是望着远处的人间，眼神清晰又迷蒙。

"可是，如果人们相信了一切无常，生命随着无数个来世的到来而永恒，那会不会更加玩世不恭？"离镜对流昭一本正经地反驳道。

"殿下，这是这次巡游要收服的妖魔鬼怪，请过目。"东君打断了流昭和离镜间没有对错的辩论，把一本蓝色的妖魔册给了流昭。

流昭接过妖魔册，草草地翻着，却在印着璧海的那一页停住。璧海的画像清晰地印在有些破旧的妖魔册上，画像上的他，还是一千多年前的样子，冰冷无情却不染凡尘，他的背后是宝蓝色的透明的波涛。

"他去了人间?"流昭问。

"不,至今没有音信。"

2

在一个叫桥头的村子里,江家有个孩子诞生了。对整个碧云国而言,出生一个孩子的事情,实在太过常见。可在那样一个小小的村庄,这是一件值得庆贺的事情。江家前后左右四户人家聚集在村子中央的老榕树下,欢庆着孩子的诞生。

"祝你们家贵子以后荣华富贵,仕运亨通。"住江家隔壁的李闲举着酒杯对江广海祝贺道。

"祝你们家贵子以后做大官,光宗耀祖。"江家前面那户人家的长子黄海灵抱着拳祝福道。

"祝你们家贵子以后赚大钱,成为一方霸主。"黄海灵弟弟黄玉真祝福道。

穿着一身粉色长衣的刚刚赶来的女子是住江家后面的那户人家的女儿柳知音,她拎着一篮子瓜果,小心翼翼地递给江家女主人许智云。

"知音都长那么大了? 时间过得太快了。"许智云接过那篮瓜果,不禁感叹。

"祝江家的孩子以后年年有余,岁岁平安。"柳知音说。

这样的祝福让江广海和许智云有些不悦。别人的祝福都是发大财,做大官,虽然那些事难以实现,但起码这样的祝福让人听着舒心,而"年年有余,岁岁平安"在这堆祝福中,就像是一种诅咒,诅咒人一事无成。

"孩子取好名字了吗?"李闲的妻子卓颜问道。

"取名字是人生大事，改日要找个大师算一算。"江广海回应道。

就在几个家庭一起畅饮，说着些貌似不切实际的祝福时，榕树下突然出现了一个穿着白衣的人。那日天气晴朗无风，可他的衣带却像有风那样飘动着。他身后是两个武将打扮的人。

"如果你们希望他平安度过一生，就别让他追求荣华富贵。只有远离官场，才能平安顺遂。"那个穿着白衣的人说，他的到来就像给这场欢庆宴泼了一盆冷水，气氛从热烈欢快突然变得清凉，就像他衣带的颜色一样冷冷清清。

"你这什么意思，哪个人不望子成龙？当官能给自己的家庭带来多少好处！"江广海被突如其来的白衣人所激怒，不顾一切开始发起火来。

"人各有命。"穿着白衣的人说完这句话后就无影无踪。

"这什么人啊！"许智云愤愤不平道。

"这是昭世君，你们遇到仙人了。"柳知音说。

"仙人怎么可能来这里？仙人都在天上呢。"黄海灵看着老榕树说。

"现在是红尘巡游的时节啊。"柳知音平时常看志怪书，对于这些事十分了解。

"昭世君，刚才多有不敬，请见谅。"江广海对着流昭消失的那棵老榕树深深鞠了几个躬。

3

流昭突如其来的劝诫，使江广海一筹莫展。村子里人们的愿望都是荣华富贵，怎么让孩子以后不追求那些，从一开始就甘愿平凡，并不是易事。

"刘先生，我家孩子出生宴上，来了昭世君，他示意我家孩子远离官场。该给孩子取个什么名字？"村子中央的老榕树下，江广海问村里的算命先生刘瞬。

"昭世君亲自出面，你家孩子命格不凡，只是要远离官场，不然会有大灾。"刘瞬算着卦说。

江广海很是失望，不能做官，命格不凡也是空的，可只要孩子能一生平安，他宁可孩子不荣华富贵。

"名字就在'行春''予春''良宵'中选择一个。"

江广海想了很久，选择了"予春"。在一切无关富贵与享乐的词中，包含"给予"的意思，还能微弱地证明着"拥有"，这是他最后的挣扎。

第三十二章　再遇

1

碧罗村前，有座小学堂。学堂不大，只有一座茅草屋，学生也不多，大多都是村里的孩子，偶有附近村庄的几个孩子。学堂先生姓季，屡次落第后放弃了仕途，在村口开了家学堂。

那天，季先生又在讲四书五经，时不时让底下年纪尚小的孩童站起来抽背昨日课上讲的内容。学生们都害怕季先生手里的那把戒尺，在学堂这个小小的世界里，戒尺就是一切的准则。

"季先生，对不起，我迟到了。"门外是一个小孩子，虽然只有六岁，看起来却像十来岁。他紧紧握着断了带的书包，头发有些凌乱，脸上的神情却像是"对不起"的反义词。

"萧禹遥，伸手，戒尺五下。"季先生放下了书，拿起了手中那把微微褪色的戒尺。

"季先生，路上有个大人，我一遇到他，他就拦着我。"萧禹遥一本正经地说，看起来就像个成年人。可在这样的时候，扮作大人模样，就是对先生"教导者"身份的违抗。

"'尊师重道'是古人的教诲，你次次迟到，还撒谎找借口，戒尺十下。"季先生举起了戒尺，眉毛凝成一团。

"季先生，我没说谎。听我爸说，那个大人都在我们村不知道多少年了。"萧禹遥还是用之前的语气说。

戒尺打了下来，在萧禹遥还没伸手的时候，紧接着又是一下，他这才感到疼痛，接下来的八下，一下比一下疼，似乎在以疼痛的形式宣誓自己作为"诚实"的审判者的威严。

萧禹遥回了自己的座位，坐在他旁边的李盛星偷偷和他对了眼，对他的反抗权威表示赞赏。

2

放学路上，萧禹遥走了远路，躲避着那个总是在上学路上拦着他的大人。早上先生打的十下，让他怀疑自己，怀疑那段被拦截的经历，甚至怀疑那个"大人"的存在。他第一次选择了躲避。

"又见面了。"萧禹遥在最偏僻的那条小道上听到了那个熟悉无比的声音，抬头一看，那人的身影遮住了傍晚夕阳的光芒，黑压压如同暴风雨天的乌云。

"你……你为什么要每天拦着我？"萧禹遥问那朵向他逼近的乌云，想再次确认他的真实存在。

"有些欠下的债，无论你现在是谁，都终究要偿还。"他一字一顿地说着，这句在旁人看来有些抽象的话，却在他的言语下显得真切，就像一把刻刀在石碑上重重地刻下深深的字。

"我可没找你借钱。"萧禹遥回应道。

这样的回应无疑是令人愤怒的。千年前战场的生生灭灭，铁马金戈和最后朝云军队的覆灭，也许是"黄沙百战穿金甲，不破楼兰终不还"，也许是"醉卧沙场君莫笑，古来征战几人还"，也许是"浊酒一杯家万里，燕然未勒归无计"，但绝对不是眼前的小孩说的简简单单的两个字——借钱。敌人的强大固然让人精神紧绷，可敌人的没落更让他觉得天旋地转。眼前这个全然不懂战争的小孩的灵魂曾经历过那场惨痛的战争，并以胜者的状态赢得了胜利，可他刚刚说出的"借钱"与千年前发生的事相比，是多么庸俗。穿过漫长时光后，当初敌人展现出的无知与庸俗，悄无声息地羞辱着那场战役。

萧禹遥看出了海盏的迟疑，就使出他小孩子独有的机灵和敏捷，拔腿就跑。可是海盏已经揪住了他的衣领。

"别跑。"萧禹遥听到这句阴沉沉的话时，已经被高高地拎起，身下的六尺高度就是他的万丈深渊。他本以为海盏会狠狠地把自己摔到地上，可他只是拎着自己，沿着偏僻的小路，猛然飞上天空。萧禹遥看到村庄越变越小，越来越远，自己被海盏紧紧拎着，丝毫没有要扔下万丈深渊的意思。

最后，在一片荒芜的黄土之上，海盏停下了，他飞速地降落在了那片干枯的土地上，就像回到了故乡那般。黄土之上，是一排排破损的满是灰尘的墓碑，它们静静地立在风沙之中，就这样立了一千年，渐渐与漫天的风沙融为一体。没有人记得墓里的人活过，没有人记得他们战斗过，更没有人知道他们在贫瘠的土地下做着永远不会醒来的梦。

"你听过碧云台之战吗？"海盏的声音突然平和下来。

"听过。"萧禹遥本想否认，可承认的话却脱口而出。

"这里就是碧云台旧址，也是埋葬着朝云国士兵的地方。你知道朝云国的结局吗？"

"全军覆没。"

"你知道朝云国将军的结局吗？"

"他被金乌国将军杀死，死后被拖了三圈扔进青枫林。"

"跪下。"在昔日战场的遗迹上，听敌人不痛不痒地说自己的惨痛结局的每一个细节，让海盏愤怒。

"你要干什么？一个大人还欺负我这个小孩？"萧禹遥猛地甩开海盏压着他肩膀的手。

"这墓碑下躺着的，都是你下手杀死的。"海盏望着破损的墓碑，却看到了鲜活的生命。

"你瞎说什么？我就是个小孩子，平时顽皮了点，杀人放火的事可从来没做过！"

"一千年前，你不是这样的。如果我告诉你，我就是朝云国那位将军，而你就是金乌国将军。"

"朝云国将军和金乌国将军都……"还没等他说完，就被一双颤抖着的手按得跪倒在地上。

"谁在欺凌小孩子？"背后传来了铿锵有力的斥责声。

海盏本以为碧云冈已经是无主之地，再也不会有人拜访这里，这里会随着将士们的永眠被永远封存在风沙呼啸之中。可是那声斥责，打破了这一切，扰乱了将士们的长眠。

"谁？"海盏以迅雷不及掩耳之势拔出那把久久没有出鞘的剑。

"原来青枫国的前将军在人间流浪多年就是在这里欺负小孩。"东君跳下红尘巡游的那辆雕花马车，准备同海盏斗争一番。

闯入者闯入禁地后一番自以为是的发言，无疑在以轻浮的语境羞辱着那场战争的严肃与惨烈。

"东君，世间万物，皆有因缘。"流昭以平静但更为不可置疑的语调说。

"殿下，难道这个孩子就是……"离镜看到那个被压着跪在一排排荒冢前的小孩子，虽然年龄尚小，面目也生疏，但总感觉透着一种熟悉的感觉。那种亲近的感觉弥漫在漫天风沙中，却在这个小孩子脸上找不到熟悉感。

"东君，收剑吧。"流昭说道。

东君像心领神会般的收了剑，重新回到了车上。在离镜拉上窗帘的那一刻，马车消失得无影无踪。

"今天我放过你，明天也放过你，在你弱冠之年，我和你会有一场决斗，如果你赢了，你就可以活下去。"海盏紧紧压着萧禹遥的肩膀，让他的头埋得更低。

萧禹遥只是愣在那里，他怎么也没想到那个每天堵住他上学路的人就是千年前的朝云国将军海盏，而自己就是威风凛凛战无不胜的离桢。可是此时，离桢已经不是后人敬仰的英勇无畏的将军，这样的意象在此时此刻，就是一个刽子手的象征，他要承担着这个身份。

当他回过神来时，却只见到身后漫天的黄沙。

3

那天他走了很远的路才回到了家。碧云冈已经不再是曾经的碧云台。在夜里，这里的风沙比白日里更加狂暴，随着呼啸着刮过的风，沙尘弥漫在空中的每一个角落。黑夜与黄沙都是象征着荒芜的意象，而他们在碧云冈，上演着谁能掩盖谁的斗争。

他在无数次迷路后，终于见到了村庄的灯火。一扇扇窗户中映出蜡烛微弱的火光，在深沉的黑夜之下，就像指路的明灯。村口站着的，是他的母亲。

"你去哪了？"母亲焦急地说。

"去村外走了一趟。"萧禹遥在说谎，因为他不能让母亲知道，十四年后，他会死于必然到来的决斗。海盏在村子里等了他一千年，该来的，无法躲过。

"你跑什么跑？你一个小孩子，到村外去，坏人把你拐了去，狼把你叼了吃。"母亲看到他一副泰然自若的样子，更加气愤，不断地用手点着他的额头。

"以后不会了。"

"什么不会了！家里就你天天去那些有的没的的地方！你这是要急死你妈啊！"萧禹遥表现得越泰然自若，母亲就越担心。

"不会出村子了。"

"再出村子，就打断你的腿！"母亲焦急地拍打着孩子的背。

在母亲的带领下，他一路回到了村尾的家。道路两边人家的窗户闪着昏蒙的光，就像漫无边际的黑夜举起灯，一路欢迎他的归来。路上他总觉得那个少年还是会在某个时候突然出现，拦住他的去路，把他高高挂在树上。可是一直到了家门前，那个少年都没出现。

"你还知道回来啊！我和你妈等得有多急！"划破夜幕的，是父亲等待了多时后爆发的斥责声。

"爸爸，下次不会了。"

"跪下！你这样乱跑，会遇到什么危险，你自己也知道吧！"父亲挥动着手中的皮鞭。

萧禹遥没有提出异议，而是直接原地跪下来。父亲扬起皮鞭，准备打下去。

"爸爸，等等。这里面肯定有什么隐情。"大萧禹遥几岁的萧人闲看出了气氛里的违和。

"什么隐情？"萧人闲的劝阻并没有让父亲放下皮鞭，反而让他不顾一切地抽打。

"爸爸，禹遥平日里都顽皮好动，现在突然变得这么懂事。"

"他跑那么远还敢顽皮？"父亲就像脱缰的野兽，疯狂地抽打着萧禹遥。

"没事，是我犯了错，爸爸理应罚我。"萧禹遥平静地说。

在那晚的最后，父亲终于打累了，放下了皮鞭，对着萧人闲语重心长地说："你也要学学你弟弟，自己承担责任，不找理由。"

"可是，我觉得这事没那么简单，弟弟一个人怎么可能跑那么远？"萧人闲说道。

"哥哥，是我的错，是我跑得太远，下次不会了。"萧禹遥忍住痛感，装着若无其事地对萧人闲说。

天将拂晓，窗户里的天空从看不到光的黑色变成了透着白的橙色。

4

"一千多年了，将军依然无用武之地。"赤轮山的山谷之上传来了带着几分嘲笑的声音。

"音离，下来吧。"海盏说。

从空中飞下来一个穿着红色衣服、旋转着降落的女子，但当她落在地上时，却依旧看不到她金色面具后的脸。即便看不到她的长相，也总归觉得面具后一定是英气逼人、极尽风流的面容。就在昨夜，音离梦见了一座牌匾上写着"蓬山门"的学堂，而一个穿着铠甲的背影走了进去。

"找到你的仇人了吗？"她问。

"找到了。"

"杀了他吗？"

"没有，他还是个孩子。"

"他杀死你时可没考虑你是个少年。"音离的声音突然变得冰冷而震怒。

"在他弱冠之年，我会杀了他。愿我还能在 14 年后知晓他的所在。"

"14年后，世间什么都变了，恕我无法帮忙。"音离的声音愈发震怒而决断。

"我愿意付出任何代价。"海盏无比坚定地说。

"要不现在杀死，要不放弃复仇。"

"我愿意放弃复仇之后的永恒寿命。"

"我不要你死去，我要你永远活着。"

"我无法现在复仇。"

"那就永远离开这里！"

"君子报仇，十年不晚。早报也是仇，晚报也是仇。请原谅我的固执己见。"

"14年后碧落山蓬山门上，找到他。"说完，音离就背过身去离开，她的身影在离去的时候愈发透明直至消失。

"哪里有什么蓬山门。"海盏想，那只不过是音离的推脱之词而已。可是，他错了，再庞大的事物也是可以在瞬间诞生的。

第三十三章　春宵

1

人世间又是十年过去了，似乎没有什么太大变化，人们还是那样早出晚归地生活着。只是在那一个清晨，碧华国皇帝驾崩的消息传遍了大街小巷。按照习俗，全国的人们都要穿上白色的丧服三天，碧华国一下就变成了银装素裹的世界。

"妈妈，为什么哥哥能上学，而我不能上学？"桥头村的水井旁，一个十岁的孩子问他的母亲。

"予春，在你的满月宴上，昭世君来了，他说你远离官场方能平安顺遂。读书就是为了进入官场，进入了官场，妈妈就保不住你了。"母亲以一种不知是悲还是喜的语气摸着孩子的头说。

"昭世君是谁？"江予春继续问母亲。

"是能看穿人命运的神。"

"我这一辈子就注定不能上学吗？"江予春问。

"其实官场就是尔虞我诈，拥有了权力，也可能摔得很惨，还是在家里好。"

"我不想追逐名利，哥哥说学堂先生说过做官是为国为民。"

接着他们离开水井旁，来到一片空荡的广场。这里聚集着附近几个村庄的人，他们聚集在这里为先皇守灵，白沉沉的一片。

萧禹遥也在这里，在如雪一般洁白的人群中，他第一眼看到了远方的江予春，那个小他 6 岁的孩子就静静地站在那里，但却让他移不开视线。那个孩子的存在，似乎勾起了他遥远的回忆。

巫师走上了破旧的青石台，开始用低沉的声音念着密集的咒语，以此让先王的灵魂去往极乐净土。人们低下了头，却想不出先王的模样。

"碧华要亡国了！"人群里冲出了一个披头散发的老叟，冲着天空大喊道。人们抬起了头，所有的目光都停留在老叟身上。几个村民上前，用力把老叟拽出广场。

2

对于继任者的传言有很多，在所有的故事里，他的名字都叫百里春宵，传说是国师给他取的名字，国师希望他成为贤明的君主，能让碧华国全国日日夜夜都祥和美好。于是国师成了街头巷尾都传颂的笑话。有人说，他不是长子，可是他出生后，他的兄弟接连死去，他就成了王位唯一的继承人；有流言说，他喜怒无常，时常虐待仆人；甚至有流言说，他注定是碧华最后一个君主。可是那些传言又突然在传得最广的时候戛然而止，消失得无影无踪。

那一天是良辰吉日，正殿中举行着登基大典。穿着火红衣服的乐师站在宫殿两旁，吹着箫，奏着乐，等待皇子在这一刻成为整个国家的主人。这时，在箫鼓构成的宏大乐曲中，碧华的新王百里春宵穿着比乐师更加红艳的衣服，在一众穿着盔甲的护卫之间，穿过正殿前严阵以待的护卫队，走进了正殿。稍有些常识的骨气文士们若亲眼见证这一幕，谁不会对这样妖艳的登基大典感叹一声"亡国之兆"？

春宵走进正殿时，气氛突然变得肃杀起来，乐曲甚至乐师的红衣这时成了肃杀气氛的帮凶。国师连忙上前点燃三炷香，而春宵在三炷香前拜了三拜。

文武百官按官职大小排着队来到正殿之前，等待着春宵从正殿走出。春宵走出时，文武百官齐刷刷低头下跪。这不仅是礼节，更是那样肃杀的气氛压弯了他们的脊柱，压低了他们的头。

春宵站在高台上，永远带着睥睨众生的眼神，就像一个从未坠落人间的神那样，人间疾苦与他无关。

"一拜天神！"在乐师的歌唱下，文武百官齐齐敬拜，春宵作为人间天子，自然也得敬拜。可是，他的敬拜中永远带着一种反叛与不羁，仿佛被敬拜的神为了体验凡间俗事，进入了自己的庙观，思一会七情六欲，做一回凡间香客。

"二拜地神！"拜地神时，要更加虔敬，要比拜天神时腰弯得更低，因为地神住在土地里，掌管五谷杂粮，国家的丰收就指望地神。

"三拜祖先！"国家的兴盛来源于祖祖辈辈的努力，新帝登基自然也要拜祖先。可是当春宵拜下的时候，仿佛他才是祖先，永远鲜活着的祖先。

突然间，朝堂上的乐队奏起了盛大的音乐，春宵在盛大的奏鸣声中登上了王座前的台阶。

整个王宫是他的了，整个国家是他的了，他是碧华的新王了，整个国家都在庆祝，除了他深埋于地下的兄弟。

3

披头散发的老叟一路狂奔，仿佛他不再是个年迈的老人，而是重获了生机与活力。走到哪，他都大喊"碧华要亡国了"。在他的狂奔下，距离不再是距离，从河流到高山再到村落只需一瞬间。新王登基之日硬是被抹上了一层灰暗的色彩。

他就这样跑着跑着，在深夜时就跑到王宫周围，对着黯淡无星的天空大喊着："碧华要亡国了！"他不像一个疯狂的老叟，更像一个仰天长啸的先知。

可是这样的呼喊，注定了会被春宵听到。新王在寝宫中听到了这样的呼喊，伴着漆黑得深沉的天空，这无疑扰乱着他的心绪。

"许景，把门外那喊叫的人杀了吧。"春宵示意他的护卫。

"是，陛下。"护卫许景半跪下来说。

接着，许景径直走出了寝宫，老人还在大喊着"碧华要亡国了"，似乎并不把许景放在眼里。

"老人家，别喊了，再喊，国主就动怒了。"许景小声地说。

"国家将亡，几百年的国家就要毁于今朝。"老人还是如同勇士一般大喊着。

"老人家，你走吧，国主要动杀心了。"

"国家将亡，谁管亡国皇帝的想法，我今天就是死也要说出真相——碧华要亡国了。"

"对不住了，老人家。"说完，许景挥起刀。

4

那天清晨下着雨，天气沉闷，萧禹遥撑着伞在雨中一路飞奔，虽然他从五六岁起就一直不喜学堂，但十年过去了，他依旧没有逃离学堂。

突然，他撞上了一个孩子，那个孩子神情呆滞地坐在路中间，静静地低着头，也不撑伞，任由雨在自己身上淋着。萧禹遥被撞得直接摔倒在地，书从书包里掉了出来，被地上的积水和天上落下的雨滴弄湿了。

"小东西，你看不看路？没长眼睛吗？没脑子吗？"萧禹遥一把爬起来，对着小孩没好气地喊道。

可是小孩还是一动不动坐在路中央，对他的大喊充耳不闻。

"听见没，小东西？再不走我动手了！"

小孩这才抬起头看着他，只是这双眼睛明亮而呆滞，还含着一汪泪水。萧禹遥这才想起是那天守灵时见到的孩子，每当他看到这个孩子时，满腔愤懑就像被倾盆大雨淋湿的烈火，他只能感觉古老而模糊的记忆在召唤自己。

"对……对不起。"江予春喃喃地说着，连忙把地上已经潮了的书捡起来。

萧禹遥没有再怒火中烧，而是为江予春打起了伞，伞很小，小到不多不少只能罩住一个人。江予春这才敢直视他的眼睛，却看到了一个全身都挂着雨珠的大小孩。

"下雨了，为什么不回家？"萧禹遥一改之前的暴怒，变得温和而柔软。

"我想上学。"江予春小声地说，生怕声音大一点就会击碎那个泡沫一般的梦。

"上学可讨厌了。等你上了学，就会知道教书先生多凶，上课多无聊，那个时候，你想逃都逃不掉了。"

"可是，村里其他的孩子都上学。"江予春说着，泪水又流了下来。

"为什么不去上学呢？"萧禹遥轻轻擦去江予春眼角的泪。

"爸爸说，我百日宴的时候，昭世君来了，告诉他我要远离官场。"

"你爸骗你的，昭世君怎么可能管人间琐事。你要上学，我带你去。"

"谢谢你。"江予春眼里立马有了光。

"谢什么。对了，你叫什么名字？"

"江予春，给予的予，春天的春。"

可是，这会萧禹遥并没有什么波澜，上课开小差开习惯了的他，并不很了解春天的意境。

"你叫什么名字？"江予春问。

"萧禹遥。"

就这样，他们在雨中撑着一把伞向学堂走去。这时，外面从小雨变成了中雨。

5

季先生今天很生气，阴沉的天气和下个没完的小雨让他更心烦意乱，开课了萧禹遥还没来，让他的愤怒火上浇油。他拿着戒尺，讲着君君臣臣父父子子。然而上课上到一半，全身都淋湿的萧禹遥带着一个落汤鸡一样的小孩冲进了学堂，把干净的地板弄得如同发了洪水。这让纪先生的愤怒达到了顶点。

"萧禹遥，上课迟到，何谈尊师重道？穿着潮衣服上课，成何体统？你真是朽木不可雕也！"季先生怒目圆睁着伸出戒尺。

"先生，是我不对。是我在他上学路上撞倒了他，害得他迟到。"江予春低声说道。

本想着让季先生平息怒火，可季先生却更加生气，猛地用戒尺敲了下讲台，大声呵斥道："你一个 16 岁的人要一个孩子帮你解释，成何体统？"

"先生，是我想上学，所以我跟来了。"江予春继续解释道。

"成何体统？门外站着去！"

就这样，他们又同撑着一把伞站在了屋檐下。

"对不起。"江予春小声地说。

"没什么对不起的，快走吧。站在外面，比上课有意思多了。"

江予春没有离去，而是和萧禹遥一起站在门口，听季先生讲课。

"你这小孩，别人都讨厌听这些，你却自己找上门来。"

江予春依旧认真地听着课，并不理会萧禹遥。

"你喜欢听这个？"

江予春依旧没有理睬萧禹遥，而是更加聚精会神地听季先生讲课。虽然讲的内容对于很多学生来说是无聊的课堂内容，可那是江予春第一次听课。

"这么喜欢听这个啊？"萧禹遥依旧不依不饶地问。

江予春依旧没有回答萧禹遥。萧禹遥有点生气了，又恢复了一贯的坏脾气，对着他大喊道："你这小孩，没礼貌！脑子里都是糨糊，蠢得要命，猪都比你聪明！"

江予春的眼里再次噙满泪水，就如同刚刚见面时那样。萧禹遥看到这个孩子噙满泪水的眼睛，忽然感到某种古老的记忆又在看不见的遥远地方召唤着他。那种记忆，虽然无比模糊，但他知道，它无比悲凉。

"对不起，是我言重了。你很好，很善良，也很认真。"萧禹遥第一次这样谦卑而真诚地道歉。

可是江予春还在哭着。

萧禹遥拭去江予春眼角的泪水，轻轻地说道："对不起。我只是觉得，这些东西没有什么好听的。"

这些对话都被季先生听见了，他再也忍不住心中的怒火，对着萧禹遥吼道："萧禹遥，你被开除了，以后别来了！"

萧禹遥先是愣了一下，然后大喊道："老家伙，您开除我才好，这破课，我压根都不想上。"

"你这个逆子，不分长幼，不分尊卑，朽木不可雕也！"季先生火了，抓起戒尺向萧禹遥扔去。萧禹遥轻轻一躲，就躲过了。

"再见了，老古董！"萧禹遥转身就走，只留季先生一个人愣在那里。

第三十四章　夜梦

1

夜色沉沉，天空如同山洞里的池水，平静无风，却缺乏生机。春宵就在深宫的庭院里看着这样的天空，身边站着他的侍卫许景。

"陛下，夜色已深，该休息了。"许景恭恭敬敬地说道。

春宵只是继续望着天空。他淡淡地对许景说："知道了。许景，你退下吧。"

许景消失在夜色里。

每到深夜时，春宵总觉得在某个不知道远近似乎又不存在的地方，他已经万死千生，那个地方晦暗无光，也没有尽头，充满着混沌的斗争和撕咬。白天的时候，王座前高耸的阶梯阻挡了黑暗记忆的侵袭，可是到了深夜，裹挟着旧日某个时空的黑暗如山洪一般袭来。可每当这种来历不明的记忆到了最晦暗的时候，他又感到那时似乎有一个人在为他的痛苦而悲恸祈福，正是因为这种悲恸和祈福，他才得以逃离那样的环境，成为人间国主。他想不起那个人是谁，只是隐隐地感到多年前的荒郊野岭里有个模糊的身影望着月亮为他哭泣。

第二天清晨，春宵取消了上朝，在许景的护卫下，装扮成一个书生，去了灵府山。灵府山是一座鲜为人知的荒山，坐落在皇城不起眼的一隅，山顶上有一座庙，已经矗立了三百年，墙壁已经有些掉漆，却依旧没有刷上新漆。它仿佛置身事外，在竹林和乱草的掩护下，凝视着整个世间。

通往山顶的阶梯一共五百多级，因为年久失修，早已变得坑坑洼洼，道路两旁是东倒西歪的竹林和丛生的杂草。许景就这样陪着春宵走了五百多级。

五百多级阶梯后，就是灵府寺，墙壁上的红漆有些剥落，露出了里面的绿色。春宵轻轻推开落了一层灰的木门。虽然是清晨，但因为地处偏僻，又有竹林遮挡，庙里光线晦暗，只有几盏烛灯亮着，烛火在微风中摇摇晃晃。巨大的金色神像坐镇寺庙中央，神一直就在这里，垂目看着前来礼拜的游人，神情慈祥却似笑非笑。在这里，人间君主狠戾而苍白的脸对着神像平和的金子塑造的容颜。

春宵点上三支香，对着神像拜了几下。在这世上，百姓拜天子，天子拜神明。

"求您让他平安顺遂，年年有余，金榜题名，权倾四方。"春宵在心里默念着，祝福着一个他不知现在是谁，也不清楚过去是谁的人。

穿着有些破旧的僧袍的僧人站在寺庙门前，神情平和地望着神像，望着乔装成书生的春宵。

"施主前来，是为何人何事？"

"不知何人何事，只为还恩。"

山间的清风吹过寺前的竹林，在一片寂静中引出了枝叶碰撞的声音。

2

正是日落时分。

音离在平原之上，看着火红的太阳穿过黄昏时血一般殷红的云霞，坠入山谷。

那片山谷就是太阳落下之地——虞渊。

一千年前，人们借着它的名义行使了多少恶。如今音离在虞渊看着太阳落下，感叹一千年已经过去。

"太阳里真的有羲和吗？"音离看着太阳落下的地方这样想。

一千年前，她被闯入的追兵杀死后，灵魂来到昭世殿，本来流昭按标准审判，判她继续做金乌的下一代子民，许诺她下一生快快乐乐、平平安安。可是她不再希望生命再次并生生世世由"神"来决定，便从窗台一跃跳下昭世殿。

当她醒来时，发现自己在东溟的一块海石上。海岸线上，似乎有个火红的身影，可是当她再次睁开眼睛，却只能看到空荡荡的海岸。

那个身影让她想起了"羲和"，可是那个遥远的身影真的是她苦难的源头吗？

她记得那天她连夜逃出了瀛洲，连她自己也不记得自己是怎么逃出来的。世人眼里的仙境在那一夜成了波涛连天、无边无际的险境。

逃出瀛洲后，她依然一路飞奔，因为只有飞奔，才能逃离"神"的安排。不知跑了多久，她来到了一片森林。森林黯淡无光，却雾气缭绕，即便在白天也不见天日。

"你闯入了禁地。"一个低沉且充满怨气的声音响起。

"你是谁？"她问那个声音。

雾气蒙蒙中飞出了一个穿着白衣服的女子，虽然充满怨气，相貌和以前不怎么一样，可她还是认出了那是晴空。

"晴空，是你吗?"她问。

"你是谁?"晴空充满着愠怒问她。

"我是音离，生前生活在金乌，被土匪所杀。逃出了昭世殿，不小心逃到了这里。"芊眠撒了个谎，因为晴空生前不是奴隶，而自己是奴隶，也是祭品。

"为什么逃离昭世殿?"晴空语气明显缓和了不少。

"因为我要逃离被'神'安排的命运。"音离坚定而坦诚地说。

就这样，音离在这片森林住下了。

音离本想继续回忆下去，可是太阳的消逝和夜幕的降临打断了她的回忆。在太阳落山之处，她再次看到了那个火红的身影，在夜幕之下，在虞渊之中。

她追赶上去，可是她离那个身影越近，那个身影就越淡。等她到了那个身影所站的地方，那个身影已经无影无踪，留给她的只有旷野。

3

"萧禹遥，你好几天没去上课了，怎么回事?"母亲声色俱厉地问。

"不想去。"萧禹遥轻描淡写地说。

"不想去? 不读书永远没有出息!"

"三百六十行，行行出状元。不是只有读那些迂腐的书这一条路。"

"万般皆下品，唯有读书高。"父亲推开门，神色严肃地说。

"我已经被开除了。"

"什么？你再说一遍？"父亲一把握住了墙角的扫帚。

"我已经被开除了。"萧禹遥平静地说。

"滚出去！滚！"片刻的沉寂后，是父亲狂风暴雨般的愤怒。

"爸爸，别生气了。我学习不错，我以后入朝做大官。"萧人闲说。

"识相的话就闭嘴，没你的事。"父亲丝毫不理会萧人闲不合时宜的劝阻。

萧禹遥依然无悲无喜，径直走出了房门。

"别回来，我没你这个儿子！"父亲冲着萧禹遥的背影大喊着。

4

江予春近日总是在村里转来转去，从村头转到村尾，从村东转到村西。一来二去就和村里几个同样不上学的年纪相仿的孩子成了朋友。这些孩子满身野性和精力，追追打打，跑跑跳跳，在街头巷尾一起讲着他们四处打听来的故事。

那天，在村头的那棵树下，住村北的小七说："你们知道现在的国主吗？"

"当然知道，你当谁傻呢？"住村南的明明说。

"我听说，国主可凶呢，把兄弟姊妹都杀了，自己才当上国主。还记得那个大喊大叫的老头吗？听说他最后跑国主皇宫里了，国主把他杀了。国主总是不上朝，喜欢玩。"小七绘声绘色地说。

"如果我们见到国主会怎么样？会不会被处死？"丽丽问。

"那肯定的，有几个没当上进士的秀才在国主出游时找上国主，说要提意见，国主二话不说，直接抓起来，每人打五十大板，不死也残了。"小七做出一副很懂的样子说。

"予春，你一定很害怕吧？胆小鬼。"明明带着些许揶揄问。

"我昨晚梦见了国主。"江予春平静地说。

"你在梦中被国主打了吗？还是杀了？"小七问。

"都不是。"

昨天晚上，江予春很晚才入睡。在梦中，他从一面铜镜中看到了自己，那身影已经不是一个孩子，而是一个18岁的少年。但他知道，镜子里的是自己，而绝对不是别人。他看着看着，镜子就碎了。镜子之后，是一个穿着深紫色华服，戴着高高的皇冠，坐在金色王座之上的少年，他的面容在皇冠的珠帘后若隐若现。他知道那是现任国主百里春宵。但即使看不清他的眼睛，江予春也感觉那双眼睛冷若冰霜，让人望而却步。

"欢迎回来。"春宵说着，眼中的冰凌在一瞬间融化成溪流，就像春天来到了寒冬的原野一般。

"拜见国主。"像无数臣民那样，江予春低下头半跪下来。

春宵从王座前的阶梯上走下来，扶起江予春。江予春忍不住抬头看了一眼春宵，但是，直视国主是大忌，连丞相都不敢直视国主。他看了一眼后，就立马低下头。

"想看就看吧，我找了你很久。"春宵说。

"布衣不敢。"

"君子之交不以君民相称。"

江予春这才战战兢兢地抬起头看着春宵。他虽然神色柔和，但刀光剑影隐藏在柔光之后。

突然间，他感到自己慢慢缩小，又变回了十岁的模样。

当他以小孩子的模样再去看春宵的眼睛时，却发现他泪水涟涟，而梦境以光一般的速度愈发模糊，就像森林深处升起了大雾。

"对不起。"在梦境的最后，江予春隐隐约约地听到了这句道歉，接着早已模糊的梦境化作了虚无。

江予春把昨晚的梦一五一十和几个孩子说出来，一时间寂静无声。

"看来你以后要做大官。以后我们再找你，你可不要因为我们是草民就不认我们啊。"丽丽说。

"我不做官。"江予春说。

"做官可以住大院，穿好衣服，吃大鱼大肉，有什么不好？"明明说。

"因为，命运不让。"江予春也不知道为什么说出了那个离奇的原因。

"命运算什么，我的人生我做主！"小七哈哈大笑。

江予春不赞同甚至很抗拒小七的观点，因为他很明确地知道命运存在并不断转动向前，只是不知道最终会去往何方。

第三十五章　虞渊

1

离开了家的萧禹遥，先是在一家茶馆打工，待了两个月后，就开始闯荡江湖。可是，有的村庄风调雨顺，邻里和睦，多年都风平浪静；有的村庄虽然不大太平，但也只是你家狗追了我家鸭，你家鱼鹰偷吃了我家的果子之类鸡毛蒜皮的事情。有次好不容易遇到了山贼进村，他只身一人与大批山贼拼搏，结果被打头的几个山贼一把打翻。

他开始思念家乡，他在想此时此刻，父亲在田间劳作，母亲在家里织布，而哥哥在学堂里读书。父亲和母亲一起等着哥哥下学回家。他开始怀疑，是不是该回归早出晚归的平静生活，而"江湖"只不过是文人墨客心中的幻想、笔下的传奇。

"救命！救命！"一声声稚嫩而恐惧的求救打断了他的思绪。他抬头看到湖的不远处有个小孩落水了，在水中扑腾。

萧禹遥纵身跳入湖中，游到孩子面前，托举起孩子，游向了岸边。游向岸边的路程突然变得很长。等他游到了岸边，却发现岸边站着一个穿着道袍的老人，小孩子连忙奔向他。

"你就是离桢吧。"穿着道袍的老人似笑非笑地对萧禹遥说。

"是。"萧禹遥本想否认，可看到老人看穿一切的样子，他放弃了说谎或是打圆场。

"你弱冠之年会有劫难，恩仇这事情，万年不变呐。"老人似乎是叹着气说道。

"我早已知道了。在我童年的时候，他就已经找来了。"

"戴上这个，他即便见了你，也认不出你。"老人递给萧禹遥一个简陋的吊坠，简陋到看上去就是一块无比普通的石头，在路边在乡间随时能看到。

"多谢了。"萧禹遥接过了吊坠。

"今后多加小心。"老人语重心长地说。

看着老人远去的背影，又想起十年前那个在村口堵住他的被称为"小神仙"的海盏。

2

"你是羲和吗？"在日落时分，音离对着稍纵即逝的红色身影喊道。

红色的身影没有消失，而是慢慢地远离。

"如果是你的话，那么为什么那么多罪恶之人借你之名横行？"音离追上红色的身影问。

红色的身影只是不断远离，速度虽不快，但音离永远看不到她的正脸。再前面就是悬崖峭壁了，可是红色身影依然没有停下的意向。音离闭上眼睛，随着那个红色身影跳下断崖。

当她醒来时，周围都是黑漆漆的坚硬的岩石，这里距地面有千百尺，晦暗无光。她隐隐看到一个火红的身影，只是这次，她被囚禁于铁围之后。

音离奔向牢笼，可是无论怎么奔跑，那个身影依然很遥远，似乎像星辰一般，永远遥不可及。

3

那个疯老人的预言似乎一步一步地实现了，似乎在一开始就注定了结局，那是剑和杀戮都无法改变的结局。

百里春宵终日不上朝，却大兴宴会，因此乐师和舞伎成了比大臣更加繁忙的存在。

那日，又是一次夜宴。夜宴之前，国师只是长叹了口气，对着少年天子说："陛下，你的名字，是让碧华国几百里疆土和平美满。"可是春宵却说："宫内亭台楼阁、朝歌夜弦、歌舞升平，宫外章台水榭、夜夜笙歌，何尝不是百里云雨夜，夜夜有春宵？"

"陛下，家国之事，不可怠慢啊。"

"何为严肃，何为怠慢？"春宵看似调笑着说，而杀机已经藏在了眼底。国师没有再往下说。他与国师间的默契，是带着生与死的博弈与较量的。

突然间，箫声响起，逐渐响彻乐宫的夜空，夜晚平静的乐宫在乐声中突然变得庄严起来。紧接着是铿锵有力、节奏平稳的鼓声，穿插在缓慢悠扬而宏大的箫声中，本应高雅、庄重，却在此时此刻像一首哀歌。接着，笛声、瑟声、琵琶声也此起彼伏地响起，可是，那分明是一曲盛大的挽歌。

身着各色长裙的舞伎旋转着登上大殿中央，和着悲歌一般的乐曲，跳起了华丽的舞蹈。在她们的旋转、跳跃中，整个乐宫变得金黄、火红，就像在"死"的世界中与之抗衡的蓬勃向上的"生"，就像一场盛大的祭典。

　　国师看着满目的繁华，不禁暗自感叹："碧华要亡国了!"可是，他越来越知晓，对于这样的覆灭，他是无能为力的，这样的结局，在很久之前，就已经注定。

　　舞伎在大殿中央高速旋转，变幻着队形，穿着漆黑长裙的舞者聚在中间，而金黄、火红则退到了四周。近臣们在这样盛大的舞蹈中看到了精湛的技艺，吹着箫、弹着琵琶的乐师看到了美，国师看到了毁灭，而春宵坐在高堂之上，俯视着这一切。在黑衣舞者的旋转中，他似乎又感受到了那个压抑黑暗的地方，他在那里被囚禁了很长的时间。而一旁穿着金黄、火红色舞衣的舞者就像那个黑暗之地外的光，就像冲撞轮回道时看到的第一束光。

　　乐曲慢慢到了高潮，黑衣舞者们聚在一起，而身着金黄、火红色舞衣的舞者们蜂拥而上，最终，黑衣舞者四散而去。

　　一滴泪从春宵眼角滑落。

4

　　"如果我注定追不上你，那么，你能告诉我，你真的是羲和吗?"音离停下了追逐。

　　她停止了追逐后，那个火红的身影却慢慢靠近，可是等她到了面前，音离才看到她的四周都是高耸的铁栏杆，她囚禁于此。

　　"羲和……"音离不假思索地念出了她的名字，当她看到那样的火红在漆黑之中闪烁时，她知道那就是羲和。

　　"神的名讳，凡人又怎能直呼。"铁栏杆后的红色身影转过身来，音离看到她面容绝美，人间任何词汇都无法描绘她的绝美，这样的绝美，硬是把音离一千多年的愤恨都打了回去。

　　"可是你知道吗，多少人因你的名讳而死。"

羲和沉默了，沉默比洞穴的漆黑还要更加晦暗。

"那是你的旨意吗？"音离感觉眼前已经被悲伤的雨雾蒙住，火红也成了一片水蓝中的火红。

"因为你的名讳，我万死千生，一千年来不得安宁，所以今天见到了你。"音离只是望着羲和，却觉得度过了几千年。

"你知道吗？一千年来，有个叫金乌的国家，每十年都会有人因为你被选为祭品，而我是其中之一。"

音离看到羲和带着神的目光凝视自己，接着，铁栏杆消失，神明抱住了她，她的眼前一片火红。

第三十六章　化雪

1

碧华的国运肉眼可见地一天天衰落。才过了四年，东部就遇上了百年一遇的饥荒。也才不过两个月，饥民们就一窝蜂涌入了碧罗村。那天，似乎一切都被打破了，先是人们在村前树下的闲谈被打破了，后是村民们在稻田里的耕作活动受到打扰，小巷里儿童的嬉戏也不能持续下去，碧罗村的安宁消失了。整个小村庄，只剩下了鱼贯而入、衣衫褴褛的饥民。

江予春在破旧的窗户中看到了满街的饥民，他们有老有少，有男有女，有聚集在一起的一家人，也有落单的人。

"也许这就是'众生相'吧。"江予春这样想。

"傻弟弟，你不会把家里的粮食送出去吧。"江高云拿着一本诗集，抬头问站在窗边的江予春。

江高云是村里最认真的学子，也是江广海眼里江家的骄傲。江予春注定了要远离官场，江高云注定了要认真，注定了要进入官场，那是他无法选择的命运。

"看人受苦，我于心不忍。"江予春说。

"达则兼济天下，穷则独善其身。"

"可是，即使没有飞黄腾达，有时候也是可以拯救别人的。"

"你只能给他们一次粮食，那么之后呢？"

"那哥哥打算怎么办？"

"我可以做个清官，利国利民。"

江予春看着窗外众多的饥民，饥饿与苦楚让他们显得虚弱。江予春径直走过江高云身边，去粮仓拿出了两袋米，再打开房门。

饥民们一拥而上，推推打打。在混乱的局面中，两袋米瞬间被抢空。

"没用的，没上过学的傻弟弟，两袋米救不了这么多人。"江高云似乎是带着嘲笑说。

"能救一人的时候不救一人，能救千人的时候也不会救千人。"江予春平静而严肃地说。

2

人们都说"乱世出英雄"。碧华国成了乱世，各大门派应运而生，蓬山门则成了众多门派中最广为人知的。蓬山门以"心怀天下，为国为民"的宗旨广招天下贤才。那个时代，江湖之上，若是知晓"侠义"二字的，就会知晓蓬山门。

饥荒那年，蓬山门又开始广招贤才，消息很快传遍了整个江湖。来自四面八方的人们涌入高耸的蓬山。

也是那年，萧禹遥绕着碧华兜兜转转好几圈后，竟然又转到了碧罗村村口。转眼间四年就过去了，村口那棵老榕树依然伫立在那里，只是树下已不是闲谈着的邻里，而是一群又一群衣衫褴褛、拖家带口的人们。萧禹遥早就知道，饥荒已经席卷了整个碧华，可是当饥民们涌入了故乡时，他才真正触碰了饥荒。

在记忆中抹去四年的漂泊和打破村落宁静的众多饥民后，萧禹遥第一个想到了江予春。只有那个孩子，似乎能唤醒他尘封已久而又躲避不得的遥远的记忆。

他走进村庄，乡间小道上却已不再是熟悉的人们，而是完全陌生的从远乡来的饥民。当他走到村庄中央时，他看到一个半大不小的孩子站在树下，神情惆怅，可是他一眼认出了那是江予春。

"你回来了。"虽然距上次见面已过去了四年，但江予春依旧认出了萧禹遥，赶在他前面打了个招呼。

"近来可好?"萧禹遥这样问候道，却在一瞬间感受到了一种疏离——他们已经四年没见面了。一段时间的别离，能让熟悉的一切似曾相识又面目全非。

"还是那样。只是最近看到饥荒，心里就觉得难过。"江予春看了一眼乡间小道上的饥民，再次悲上心头。

"予春，你进学堂了吗?"

"没有。你呢，在江湖上又过得怎么样?"

"以前时日平稳，英雄无用武之地;现在国有荒灾，各大门派也出现了。"

"最大的门派叫蓬山门吧? 广招天下贤才。"

"是最著名的门派。"

"蓬山门在哪里? 我想去。"

"离碧罗村太远了。"

"我知道，可是，无论如何，我也要去那里。"江予春突然直视着萧禹遥，以无比坚定的语气说。

"去了，也不一定能进入蓬山门。"萧禹遥被江予春的决心所震惊，他第一次从一个 14 岁孩子眼中看到那种无所畏惧的坚定。这种坚定，只能属于 14 岁，而自己已经弱冠之年了，到了那个去承担古老罪孽的年龄了。

"我知道，可是，无论如何，我要去那里。"江予春似乎是眼里带着泪光说，那样的泪光足以淹没任何已经不再稚嫩也不再天真的人。

"明天一早就出发吧。"萧禹遥最终还是答应了。

"你明天要走了吗?"小七边跑边大声叫喊着，丝毫不考虑人群的拥挤。

"嗯。"

"明天就走了，那今天就跟我们玩玩嘛。"紧随其后的明明说。

"那，回头见。"江予春说。

"回头见。"萧禹遥回应道。

就这样，像无数个日夜那样，江予春跟着村里少数几个还没有上过学的、被称为"野孩子"的孩子跑跳着穿过村庄。但这次，也是最后一次了，所以，这次是从白昼到黑夜的狂欢。

终于，他们一路飞奔到了村外的荒原。

"你要去哪?"小七问道。

"蓬山门。"

"那么远，你还能回来吗?"丽丽问。

"如果有缘，我们还会相见的。"

"什么有缘没缘的，我们这辈子也就在这个村里了，你又跑那么远，还怎么见到。"明明最讨厌"缘分"一类的措辞。

"你们看，这里有个土丘。"丽丽说。

江予春顺着丽丽所指的地方望去，看到了一个土丘，孤零零地现于夜色苍茫之中，突兀而古老。突然间，他感到自己被什么牵引着，所以，他必须去土丘那里。

当他走到土丘前，他感到了古老记忆的召唤，似乎在某个时候，他也曾站在这里，孤零零地望着月亮。土丘前，有一个小坑，在夜色和贫瘠土地的衬托下，显得隐蔽。可是，江予春却偏偏盯着这里出神，他总是觉得，这里埋藏着熟悉而痛楚的过往，在很久很久之前。

他开始徒手挖那个坑，贫瘠的土地却硬得出奇。他的指尖开始流血，可是疼痛也掩不去古老的呼唤，他更加猛烈地开挖。

"你在干什么？"小七问。

"我不知道。"

终于，坑被挖得很深了。土黄的坑里，半掩着碎成了两半的瀛洲瑀，可云雾般的游丝却没有丝毫褪色，它们半隐半现在早已破碎的珠子中盘旋不去，一缠绕，就缠绕了一千年。人间帝王将相又找了瀛洲一千年，却终究杳无音信，而早已破碎的护身符中盘旋不去的游丝却悄无声息地宣告着瀛洲的存在。江予春不曾上过学堂，却也听过村里的孩子在丰收时节讲过虚无缥缈的瀛洲，讲过镇守平安的瀛洲瑀。江予春轻轻地拿起了碎成两半的瀛洲瑀，再把它拼好。他看着破镜重圆的吊坠，突然感到巨大的悲恸如潮水一般从四面八方袭来，漫过了心中的荒原。

"这是什么啊？你怎么这么喜欢捡垃圾？"丽丽的问话打断了江予春的思绪。

"这不是垃圾，绝对不是的。"江予春坚定地反驳着。

"这么难看的东西，挖出来干吗？"小七说。

"这是瀛洲瑀。瀛洲是仙境，瀛洲瑀镇守一方平安，你们谁都不许侮辱它。"江予春以平静而丝毫不可置疑的语气说。

江予春面对着土丘，望着镰刀般的新月，一站就是很久。他想到，在很久很久之前，有一座缥缈的海上仙山在某个古人心中升起，他做出了瀛洲瑀，把思绪中的仙山化形；也是在很久很久之前，有人把瀛洲瑀高高挂起，用帝王寻遍了四海都无法到达的长存的仙境抵御现世的侵扰，而破碎的瀛洲瑀似乎在宣告这个模糊的古老故事的悲伤结局。江予春感到在很久很久之前，似乎是在他出生前，他与那个悲伤而恢宏的故事擦肩而过却息息相关。

夜晚的凉风呼啸着穿过夜色的苍茫。

3

那天晚上，江予春睡得昏昏沉沉。半梦半醒的时候，他看到了贫瘠、干裂的土地，而不远处，则是草木繁盛的土地，可是，这两片土地间却隔着一道鸿沟，并各自旋转着。他看见草木茂盛的土地上，站着的——是碧华现任的王。他身后，是暗绿色的丛林和遮天蔽日的树木。在黑暗的丛林中，点缀着一朵朵火红的花，这样的明艳在晦暗中却显得更为阴森。远处，是灰色的广阔的阴云。

他企图停止土地的转动，却看见春宵的眼睛依旧闪动在皇冠的珠帘后，但冰冷的寒意绕过了珠帘，充满绿意的土地被寒雾笼罩，雾气一直蔓延到了贫瘠的土地。

在苍白的雾气中，百里春宵突然拔出刀，捅在了江予春的胸口。江予春坠下贫瘠的土地，径直掉入鸿沟。在水底，他看到水面上耸立着冬天白雪皑皑的山崖，悬崖之上，站着的依旧是百里春宵。

漫天飞雪中，他的青丝化雪。

第三十七章　朝宴

1

第二天清晨，江予春看到萧禹遥在村口的榕树下撑着一把雨伞等着自己。本应是晴空万里的时节，却偏偏在他离开碧罗村那天下起了蒙蒙细雨。雨幕笼罩着整个碧罗村，显得绿更碧绿，白更洁白，一切都是湿润的样子。

"现在后悔还来得及。"萧禹遥说。

"我不后悔。"

"父母知道了吗?"

"他们还在睡觉。"

"离开这里，以后可能也回不来了，江湖是个凶险的地方。"

"我知道，我不后悔。"

就这样，在烟雨之中，他们离开了小村庄。

村落的不远处，是一座山，在雨幕之中，青得耀眼。在山脚下看山，显得山更加高耸。

他们顺着崎岖的山间小道登上高山，江予春却在无人的山中第一次感受到江湖的凶险。因为下着雨，本就陡峭的山坡更加湿润，经常是走五步，退一步，还在几个最为陡峭的地方摔了几跤。

"什么时候才能到山顶？"江予春问。

"这就累了？"

"有点。"

"这怎么行？"

前面是陡峭山峰中的一块平地，再走几步，就可以到那里了。可是偏偏在这里，却最陡峭。萧禹遥奋力一跃，却重重地摔倒，眼看就要摔下山坡，平地上却有人伸出一只手拉住了他，再一把把他拉上平地。

"多谢相助。"萧禹遥抬起头，却看到了一个和他年纪相仿的少年在烟雨蒙蒙中，撑一把浅绿得接近白色的伞，像在凭吊也像在展望。

"不谢，你们也是去蓬山门的吧。"

"是的，现在天下大乱，想去蓬山门救世。"

那白衣少年笑而不语。

"怎么称呼你？"

"我叫许思朝。"

"幸会幸会，我叫萧禹遥。"话音刚落，他看到许思朝眼里闪过一道寒光，但又转瞬而逝。

"路途艰险，不如结伴而行。"许思朝说。

萧禹遥突然觉得似乎在哪里见过许思朝，可是思绪却硬生生地被打断。

"请问您是哪里人？"萧禹遥问。

"仙都。"许思朝看似云淡风轻地说。

"正巧，我也是仙都人。"

突然，阴雨连绵的天空从灰白变得漆黑，天空中闪过一道道闪电，暴雨突如其来，山上的土变得湿润光滑，也随着雨水山洪倾泻而下。

雨下了很久才停，萧禹遥却发现自己在漆黑的山洞里，准是自己被刚才的山洪卷了进来。

"江予春——"萧禹遥大喊道，可是空空荡荡的黑暗中没有回应。

只见黑暗中，出现了两个火红的光点，接着是一声震耳欲聋的咆哮——那是兽的眼睛。

2

那日是个上朝的日子，可百里春宵又像往常一样在大殿开起了宴会。红衣、黄衣、黑衣舞者们的表演，早已让人厌倦，而乐曲的悲凉也因为整日的演奏而渗出了平庸的欢喜。

春宵坐在高台上望着舞者们，却永远保持着第一次看到时的眼神。

突然闯进一位大臣，是春宵的远亲许重山，他先半跪下来，再低下头说："陛下，请听臣谏言。先祖创业不易，越高山，住草屋，打了 10 年才定下江山，可要珍惜啊。打下江山容易，守住江山难。"

"你私闯国宴，危言耸听，扰乱视听，该当何罪？"春宵并不看他，他的眼里只映着旋转着的金黄和火红。

"臣子并非危言耸听，若陛下再不上朝理政，怕是国家就断送在陛下手里了。"

"许重山，你贸然闯入，又扰乱视听，你不怕极刑吗？"春宵这才在高台上用冷若冰霜的眼神睥睨着许重山。

"身为人臣，应为君为民，以江山社稷为重，置生死于度外。"

"既然如此，那就证明你所言不虚。"

春宵话音刚落，只见许重山掏出一把匕首，重重地扎入自己的胸膛，在宴会的盛乐中缓缓倒下。

领头的舞者看到这一幕，僵直地立在那里，整个队伍因为她的停滞而混乱。

"怎么乱了？"春宵依旧不去看倒下的许重山，他质问高台之下的舞者们。舞者们连忙跟着节奏继续舞蹈，但是一瞬间的混乱已全然打乱了节奏，之后想全力保持秩序也于事无补。

"都停下吧。"在一片杂乱、漫无目的的色彩的碰撞中，春宵重重地拍下了玉玺，语调虽然平静，但不怒自威。

舞者们在一瞬间停下了。这舞蹈，本就为春宵而生，为他而盛开，又因他而混乱，最后又因这混乱而戛然而止，就连赤红都不是赤红，金黄也不是金黄。

"都散了吧。"春宵站在高台之上，淡淡地说。

舞者们愣了好一会儿，才从四面八方退下。乐师们缓缓放下了乐器，从大堂两侧退下。群臣则坐在高堂之上，噤若寒蝉。

一场盛大得足够挤掉朝堂的宴会却因突如其来的闯入者而结束在一片混乱之中，所有人都散去了。

只有百里春宵独自站在高堂之上。高堂之下，只剩下了他的贴身护卫许景。繁华散尽后，象征着整个天下权力的王座在一片不受控制的静默中瞬间化作与世隔绝的高岭。

3

黑暗中，兽的红眼睛以光一般的速度逼近萧禹遥，可就在他觉得撕裂和死亡将要在一瞬间降临时，红色的光点突然消失了——兽倒下了。

与此同时，火把温暖的金黄色的光照亮了整个山洞，火光映照着许思朝的面容。他手中紧紧地握着一把剑，目光直直地落在萧禹遥身上。他身后是惊魂未定的江予春。

"我总觉得，似乎在哪见过你。"许思朝说。

"我们才第一次见面。"萧禹遥觉得被这样的眼神盯得恐惧，似乎就像由来已久的幽魂的缠绕。

"可是，总有种一见如故的感觉。就好像认识了很久，只是我们都忘了，但是今天我们又遇到了。"

"谢谢你刚才救了我，可这似乎是不太好的记忆。既然是这样，那不如大路朝天，各走一边。"

"这里是山洞，可不是大路，各走一边，还不知道什么时候才能出去。"

"你就听他的吧，我感觉，他也不是坏人。"江予春说。

"洞口在这里。"许思朝说着，转身向一个方向走去。

萧禹遥虽不情不愿，但还是和江予春一起跟了上去。山洞中阴暗潮湿，火光把洞壁的灰尘照映得清清楚楚，已经很久没有人来过这里了。

很快他们就到了洞口，可是萧禹遥却愈发不安，这样看不到过去的渊源，让他感到迷惘。

"既然'大路朝天，各走一边'，那我先告辞了，有缘千里能相会，无缘对面不相逢。"许思朝回望了萧禹遥一眼，就大步流星头也不回地走了。

"为什么那么讨厌他？"江予春问。

"真是虚假。"萧禹遥几乎是脱口而出。那样伪装出的洒脱，他一眼就看透了。他总感觉，那个少年的外表下，似乎是几千年历史的长河。和他在一起的每分每秒，都有潜藏着的危险重重地压在身上。

"什么?"江予春依旧懵懵懂懂。

"你可以不懂,也希望你永远不要懂。"萧禹遥说,此时他突然羡慕起江予春的懵懂,因为他感觉自己似乎一出生就是带着逃脱不了的宿命的,而一切的偶然也是局外人对"必然"的误解。

4

"羲和,为什么我因你而死,那么多人为你而死?"音离依旧在深不可测的洞底,四年如一日地问羲和。

羲和每天每夜都这样凝望着音离,无悲无喜的眼神中似乎透着悲悯,就如同灵府山上的那尊金身塑造的神像。可是,这样的存在,以如此鲜活的模样,出现在她的面前时,她却感到了自己被这世界遗弃后,在无尽的荒原之中每日每夜流浪。

可是,这一次,羲和的眼里突然有了从未有过的波动。她凝望着音离说:"音离,我要消亡了。请你,一定要成为我,成为下一任太阳神。"

音离这才发现,四年间,羲和一天天地衰弱下去,火红变成了浅红,浅红变成了灰红。

"羲和,一千年前,你真的希望我死去,成为你的祭品吗?"音离说着,突然流下了两行泪水。

"不,我比任何人都希望你自由地活着。"羲和就这样看着音离噙满泪水的眼睛,轻轻拂去她眼角的泪水。

"那为什么还会这样?"音离一把推开羲和拂去她泪水的手。

"那不是我的本意。"羲和平静得不起波澜的眼睛里突然噙满了泪水。

漆黑的山洞里,曾经低微的祭品与虚弱的神相拥而泣。

第三十八章　紫衣

1

"还要走多久?"江予春问。

"这就受不了了?"

"我只是想快点到达蓬山门。"

"到了蓬山门又怎么样,江湖山高路远呢。"萧禹遥佯装过来人教育着江予春,可也仅仅是佯装而已。

"先到了再说吧,江湖路远,那是以后的事。"江予春也似乎在佯装,在不经意间把远方小山村里季先生的课堂混杂着的年少的蒙昧与天真硬生生地搬到了半山腰上。那个课堂,他只偷听过一次,可是他就这样记住了,深入骨髓。

"这么小就会装腔作势了。"萧禹遥似乎感受到了那个永远笼罩在树荫里的小小学堂和里面根深蒂固的禁锢。

这时,山上的土地突然变得湿润,湿润得如同一条河流。江予春被这河流般湍急的土冲下了山坡,如流星一般坠入了山谷。

当他醒来的时候，遍布整片天空的夜色似乎深沉地压在这片低沉的山谷中。不远处升起的赤红的篝火，在风中摇动着，就像对这浓墨重彩的夜色宣战一般。篝火旁，是一个穿着紫色长袍的少年。

"是要去蓬山门吧？"那个少年问。

"你是谁？"

"我是谁，一千年前的你应该知道。"那个少年带着几分戏谑说。

"你到底是谁？"

"一千年前，你的故事挺精彩。"

"你是谁？"江予春冲上前去，想扑倒那个少年。

"这一世，我也会等你的结局的。"那少年一把抓住江予春的手腕说。

"这和你有什么关系？"江予春试图挣脱那个少年的手。

"兴趣使然。"少年说着，一把松开江予春的手腕。

江予春重重地摔在绿草地上。他看着摔倒时暗沉的低空，知道另一场风暴即将到来。

可当他忍着疼痛爬起时，那个少年却消失得无影无踪，只剩下了夜幕之下无尽的草原。

"江予春，躺了这么久，该上路了。"身后传来了萧禹遥的声音，他甚至不知道萧禹遥是什么时候出现的。

"我刚刚看到了一个和我年龄差不多的人，他把我推倒，说要看我的结局。"

"你出现幻觉了吧？这鬼地方哪有什么其他人，你刚才一直躺着睡觉。"

"不，那是真实的。"江予春说，身上的疼痛告诉他，一切都是真实的。

"行了，快上路吧。"萧禹遥有些不耐烦地推了推江予春，为了显得自己更像个大人。

"往哪里走，刚才我从山坡上摔下来，一下就到了山谷。"江予春以他独有的蒙昧与天真对抗着萧禹遥想成为大人的故作姿态。

"让我看看。"萧禹遥展开那张褪了色的地图，像个大人那样看了起来。可是天太黑，路太遥远，他竟也迷失了方向。

"真是天涯何处不相逢。"夜色苍茫中，传来了一个洒脱的声音。许思朝举着火把从黑暗中向他们走来，就像划破了无边无际的黑暗一般。

"你怎么又来了?"萧禹遥对这个冥冥之中似乎有着千丝万缕联系的人总是感到不快。他一出现，浮于表面的宁静就不复存在。

"有缘千里来相会，无缘对面不相识。"许思朝丝毫不理会萧禹遥的不快，带着他特有的洒脱，似乎不仅嘲讽了萧禹遥，也嘲讽着被命运紧紧笼罩的世界。

"请问你知道怎么走吗?"江予春的天真打破了将要凝固的气氛。

"跟我来。"许思朝说着，向西边走去。江予春拉着萧禹遥的衣袖，向许思朝去的地方走去。

在他们将要爬上另一座山时，草地却突然升起了水潮，就那样毫无征兆地升起水潮，水淹没了山谷，一路涨到半山腰。他们被淹没在水里，萧禹遥在水里奋力地挣扎，而江予春则死死抓住山腰上那块大石头。

"快过来，这里有块石头。"江予春朝着萧禹遥大喊道。

萧禹遥在水中，就如同在大海的风浪中颠簸流浪的小船那样，与风浪作斗争，却永远无法真正战胜毫无生命的风浪。在他快要游到石头边时，江予春伸出了手。萧禹遥紧紧地握住他的手，却突然感觉像回到了某个遥远的年月。

"许思朝呢?"江予春突然想起了那个总是在各种关键时刻出现的少年,在这场毫无征兆的大水中,他又在哪里?

萧禹遥这才向四周望去,企图找到许思朝,可是天地之间只剩下了无尽的洪水。直到他望向深渊一般的水底,才隐约看到似乎有人静静地躺在那里。萧禹遥一头扎进水里,向许思朝游去。在漫长的时间过后,萧禹遥终于到达水底,在他拉起许思朝的那一刻,水以光一般的速度退去。

之后的路变得平坦,就像是那场洪水卷走了全部的崎岖。他们迎着月光,从未感到过天地间如此平静。

3

在这样沉寂的夜里,百里春宵也在沉睡。这样的沉睡,是为了弥补白日里在高堂之上放歌纵酒的疲惫。

他梦见了晦暗丛林和丛林中火红的花朵,丛林深处,是那个穿着紫色长袍的少年。

"你是什么人,竟敢闯入本王的皇宫?"春宵拔出剑,质问那紫衣少年。他清楚地知道自己的王权战胜过威武的将军,战胜过傲慢无礼的官员,在此时此刻也能战胜眼前这个紫衣少年。

"百里春宵,你好好看看,这里,是你的皇宫吗?"那少年说,眼里闪着桀骜不驯的寒光。

"本王在哪里,王宫就在哪里,尔等刁民岂敢违抗王的旨意!"春宵把剑架在少年的脖子上,企图掐灭他的狂傲。

"谁是王,谁是臣,真可惜你什么都不知道,无知的小人。"少年轻轻碰了下那把剑,剑瞬间化成了水,从剑柄上滴落。

"离开我的王宫,不然护卫队会把你撕成碎片,你的灵魂也会永无宁日。"被溶了剑的春宵一把掐住少年的脖子。

"真有意思，别忘了我，我在等你们的结局。"少年径直穿过他的手，春宵扑了个空。

"你是……"春宵感到记忆的深处有东西突然被拨动，可任凭它翻江倒海，也看不清海岸。

"我会永远等你们的，记得在你的尽头多看看。"少年一把握住他停在半空中的手，桀骜不驯的眼神则直勾勾地盯着他。百里春宵第一次感受到近在眼前的恐惧。

春宵就在这样的凝视中惊醒，而清醒后四周依然晦暗无光，此时依旧是深夜。

"许景。"黑暗中，春宵叫了他护卫的名字。

"陛下，许景在，有何吩咐?"许景飞速到了春宵面前，再以光速跪下。

"真是佞臣!"春宵说着，一把把枕头狠狠地摔在了许景身上。

"陛下息怒。"许景把头埋得更低，准备迎接狂风暴雨般的责骂。

"许景，你当知道，噩梦是因为有鬼魅进入。你虽镇守，却偏偏守不住鬼魅。"春宵站得笔挺，昂着头俯视着跪在地上的许景。

"陛下，是臣的罪过。臣这就点上散灵灯，护卫陛下平安入梦。"

4

就这样，在夜深人静的时候，宫里又忙了起来。在许景的主持下，宫仆们连忙点起了几千盏散灵灯，又连夜赶忙把这些灯挂满整个皇宫。宫仆们排成整齐的队伍，整齐得看不出变化，穿过皇宫的每一条长廊，所到之处，留下一盏盏散灵灯。

在碧华，传说在很久以前，也许是战事太多，那里成了个鬼魅横生的地方。很长一段时间里，人们夜不能寐，因为总是听到战死者的呼喊和哭声。为了平息战死者的怨恨，一位名字已经在历史长河中被遗忘的巫师连夜与战死者们的魂魄沟通，又费上几个日夜做出了一盏盏火红的纸灯，魂魄看到了这样的灯就会遗忘生前的苦痛与不甘，在神明的指引下奔赴忘川。

很长的一段时间里，家家户户门口都会挂上这样火红的灯，碧华每晚都火红得如同新年一般。也就是在这样的灯火中，碧华归于平静。

百里春宵透过窗户看到皇宫的空中弥漫着一片火红，想起了久远的传说，也顺着历史的河流渐渐入睡。

梦中，又到了那个幽深的丛林，而那个紫衣少年依然站在丛林深处。他手中拿着一枝折断了的红色花朵，似乎已经等了很久。

"百里春宵，真是可笑，居然愚蠢到认为散灵灯能驱赶我。我是神明，是你永远无法战胜的存在。"紫衣少年带着狠戾而纯真的眼神一片片扯下花瓣。

"你是谁？"百里春宵第一次感受到了无奈，那是面对命运的无措，而他似乎又隐隐地感受到，这样的无措已经存在了几千年。

"才一千年，你就忘了我。不过，你也在书上听说过我吧，我可是三界都为之颤抖的恶神。"紫衣少年说着，又狠狠地从枝头摘下一朵火红的花。

"璧海，是你吗？"

"你可以再想起一点，冲撞轮回道时的勇气呢？真可惜，即便冲撞轮回道都带不走记忆。"

"记不起也罢，我现在是碧华的王。"

"你就不想知道你一直想着又记不起的人是谁吗？"

"那与我无关。"春宵虽这样说,脑海中却又浮现起一个模糊的人影,他忘不了他。

"时间会告诉你的。"璧海说完就消失得无影无踪,只留下一地散落的红色花瓣。

第三十九章　巫祝

1

天再次破晓了，面前也不再是崎岖的山路，而是一个个村庄。村庄已经沉寂了很久，在沉寂中失去了生的气息。和偌大的碧华国一样，这里的土地也是寸草不生。道路两旁是这里的村民，他们穿着褪了色的衣服，看起来已经很久没有丰收过。

江予春看到这样的情景，只觉得村庄的贫穷如同刀一般的寒风，硬生生地刺在他心上。

"不用这么担心，我知道你心怀天下，可是现在难过，治标不治本。"萧禹遥一眼看出了江予春的难过。

"蓬山门能真正主持公道吗？"江予春问。

"蓬山门从来就是正义的象征。"萧禹遥回答道。

一旁的许思朝只是笑着凝望着他们，就像灵府山上的那尊神像一般。

2

百里春宵今日依旧不上朝，但也不举办宴会。他登上皇宫里最高的高台，迎着晨风瞭望整个国都。他想，碧华这么大，也许那个救他脱离深渊的身影就在某处，过着平静的生活。可是，璧海的出现，或许意味着那个身影遇到了麻烦。

"许景，去召集整个国都的巫师。"

"是。"

许景从阶梯上下去，高台上只剩下了春宵一个人。在风中，他比荒烟寂寞。

很快，穿着各色长衣的巫师排着队进入了皇宫，就像昨晚的宫仆那样。春宵在大殿之上，在本该上朝的时间迎接着巫师们。

"陛下有何吩咐？"一位穿着灰色长衣的巫师上前半跪下来。

"今天我招大家过来，只因我希望一个人能岁岁平安，可他如今也许遇到困境。我不知道他是谁，我只记得，也许在很久很久以前，他对着月亮在沙漠中为我念着咒语，救我脱离深渊。"

"心诚则灵，心诚则灵。既然陛下发了心，我们为陛下做法，必定会有好的结果。"一位穿着紫色长衣的巫师说。

就这样，在本该上朝的大殿，巫师们围成一个圈，念着只有彼此间才懂得的咒语。春宵站在高台之上、王座之前。他是发起者，也是局外人。

这样的仪式进行了三天三夜。直到第三天的深夜，巫师们才停止了咒语，极有默契地向四周散去。

大殿的阶梯之上，又只剩下了春宵一人。每当这时候，他感到恢宏大殿里的空空荡荡就像突然有了生命，硬生生地压在他身上，压得他抬不起头。他击败了人间的无礼和傲慢，却被不知名的空荡压得喘不过气。

3

或许是巫师们做法了三天三夜，这三天三夜江予春的路途都变得平坦，不再有高山与峭壁。连萧禹遥也觉得奇怪，他记忆中或高耸或湍急的地方，在真正走过时却变得平坦。许思朝的一路跟随总让萧禹遥觉得不快，因为这种跟随总带着只属于神的气度。

也就是在这样的迷惘中，蓬山门到了。

蓬山门的大门矗立在那里，浅灰的木材刷着棕色的漆。门口站着两个门童，见他们过来，笑吟吟地问他们的来意。

"我们想入蓬山门，只为济世救民。"萧禹遥上前说。

"那请进吧。"门童依旧笑吟吟地说。

就这样，他们进了蓬山门，可是里面却全然不是想象中的样子。跨过大门，里面只是个略为狭小的庭院。庭院间有几间平房，有些破旧，棕色的漆已经斑驳，露出了灰色的破败的木料。平房外是一片空地。

"真是破败。"江予春望着一片萧瑟说。

"破败不在景，在于心。"身后传来一个苍老而有力的声音。江予春一回头，就看到了一个穿着黑色衣服的白发苍苍的老者，他正像神像一般俯视着他们。

"老先生好。"萧禹遥一眼就认出了他是蓬山门的掌门楚雁衡。

"进了蓬山门就是蓬山门的弟子了，从现在开始要遵循蓬山门的规矩。"不知从哪里走出来一个大了他们好几岁的弟子，打着官腔对他们说。

第四十章　芊眠

1

音离永远忘不了作为祭品被召进宫的第一天。那时，她还叫芊眠，虽是草木繁盛的含义，却偏偏听起来像沉睡了一千年。

那天的太阳很大，她就迎着这样的朝阳，坐在铁笼似的轿子里被抬入了王宫西南的一角；而就在前一天，她亲眼看见父母被杀，只是按他们的话是，提早被送到另一个世界。十年后，当她被献祭后，他们就在一片洗净了罪恶的境地中团聚。

迎接她的，依旧是璀然。

"祭品，芊眠。"璀然把权杖狠狠地敲在地上，以此宣誓自己的主权，"从此以后，你为羲和而活。"

璀然带着她一路往长廊的尽头走去，长廊两边的墙壁上，挂着羲和的画像，或是赤红，或是金黄，却看不清她的模样。

"伟大的太阳神啊，您的祭品已经到来，求您悦纳，赐福于金乌。"刚才还充满着威严的璀然，这时在长廊的尽头，沉重地对着太阳神的塑像深深一拜。塑像是纯金的，即便在晦暗中也闪着光辉。

芊眠明白自己终将被献祭，是注定了要死去的，眼前的一片金黄只不过是悲剧金光闪闪的遮羞布。

"为什么，为什么你可以活到这么大，而我，就该那么早死去？"芊眠几乎是哭着问。

"真是大胆！金乌的一切都是为羲和而生，我活着，是为了祭祀，你作为祭品，是为了羲和。"璀然猛地站起，狠狠地把权杖摔在地上。

2

从那时起，芊眠就被关在专门关押祭品的皇宫西南角的平房里，璀然每天都会来，每天都会告诉她如何谦卑，如何虔敬，如何做一个祭品。

这是她的命运，是整个世界强加给她、无法逃离的命运。慢慢地，她不再和璀然争吵，因为那位长者总是用权杖和凶狠的语气宣示着自己的绝对正确。

几年后的一个春天的课间，芊眠透过窗子上密密麻麻的栅栏，看到了璀然身旁站着一个穿着白衣的孩子。只听璀然对他说："朝玄，等你14岁那年，就可以学习祭祀了。你注定了祭祀，为金乌祭祀。"

芊眠手中的笔摔在了地上，她感到了一种背叛与抛弃。栅栏之外，那个孩童注定了要在某一天祭祀时杀死她。他是天生的祭司，而她是天生的祭品。而如果相遇的地方是在闹市，在大人眼里，他们又都是蒙昧的孩童。

在一阵开锁声后，璀然进了门，一节新的课又要开始了。

"芊眠，你的人生是为了什么？"璀然每节课开始，都会这样问芊眠，因为这是一切的基石。

"为了献祭。"芊眠回答道，脑海里却满是朝玄的模样。

"献祭给谁？"

"羲和。"

"献祭后呢？"

"羲和会赐福于金乌。"

"下次上课，一次说完这些。"

然后璀然依旧带着不可置疑的威严，讲起了羲和的故事。可是，芊眠没有听，她的脑海里全是朝玄的身影。那个看起来弱不禁风的孩童，就是几年后当着全金乌杀死她的人。

就像美注定会毁灭美那样。

3

过去的总会过去，现在的也会过去。音离在地底，看着羲和一点一点地消逝。

"音离，去旸谷，去成为下一任太阳神。"羲和消逝之前，以温存的目光凝望着音离。

"那是哪里？"

"太阳升起的地方。"说完，羲和最后一点透明的红色也消逝了，整个漆黑的山洞，只剩下了音离。

她苦楚、伤痛、灾难的起源，从遥远变得临近，最终又在她眼前消逝。她感到世界瞬间归于创世前的沉寂，连她的意义也顺带着掏空。可是，也许羲和甚至都不是她悲惨命运的起源。

第四十一章　西风

1

那是江予春来到蓬山门的第一节课，在西边的那间平房里。讲课的是顾景行，传说中他是个隐退江湖的侠客，连顾景行这个名字也是假的。

"为国为民，勇往直前。一千年前，金乌国与朝云国发生了一场战争，朝云国军队在与之战斗后，兵力所剩无几，可是朝云国将军海盏依旧与金乌国将军离桢决斗。最终海盏战死，被离桢剥去铠甲，拴在马车后拖了三圈扔进了青枫林里。"

"那，离桢呢？"江予春问。

离桢步步高升，最后又自我了结。对于这段历史，有无名诗人写了一首诗，在很长的一段时间里，民间都会吟唱：

　　　大漠孤云车马嚣，风烟萧索度九霄。
　　　此间有郡名碧云，高城苍茫近玉轮。

春生碧云夏已至，红枫遍野赶冬风。

游人喧闹街巷间，酒盏欢歌年复年。

城外烽火连天起，朝云城间斗金乌。

号角震天出玉关，铁马银枪镇青山。

金乌当空度晨昏，朝云四散隔中前。

瀚海红染将军死，金乌城前又凯旋。

夜沉林深万鬼泣，楼高月近宴歌欢。

朝云身死褪盔甲，散落青枫无人知。

碧云金乌生绿意，车水马龙高山间。

光阴流转如飞渡，年年岁岁碎今朝。

黄沙漫天吞云城，不见当年人境喧。

将士沉眠乱山冈，春去秋来不复醒。

金乌朝云今何在？花前柳下问西风。

长愿复生不相见，来年南野望春山。

萧禹遥只感到熟悉又无比陌生的寂静，可这样的历史却压得他迷惘，千年前的勇猛对应着的，是现世的无奈。还有海盏，他的结局并不是历史书上的阵亡，在一千年后，他依旧找上了他，并且在他弱冠之年会杀死他一雪前仇。

许思朝依旧像神像一般，无悲无喜，俯视人间，但他眼角的泪光已经打破了本应有的威严。

"金乌是个什么样的国家？"萧禹遥问。

"是个一切都围绕着太阳神的国家。每十年，就会有一个奴隶在盈日时节被祭祀。"

"这种制度什么时候消亡？"

"第十九任祭司朝玄在盈日时节的大典上杀死了国王后自尽，因朝玄犯罪又无后，祭祀制度以'羲和不再接受祭品'而终结。"

江予春听着这些遥远的故事，只觉得自己似乎在某个时候真真切切地经历过，连胸口都隐隐作痛。也许朝玄在自尽时，也是这般疼痛吧。

"海盏虽然勇敢，可他还是死了。"许思朝说。

"选择为国为民，本就冒着危险，正义本就要付上代价。"顾景行说道，而他的眼里满是坚定。

2

那天晚上，江予春再次看到了璧海，他已褪去了紫色的长衣，又回到了一千年前的碧蓝。

"又见面了。"璧海在那棵有些干枯的榕树下望着江予春。

"你就是璧海吧。"江予春终究认出了他，那样的水蓝色，是世间每个人内心潜藏着的阴影。

"你终于想起来了。"璧海微微一笑，眼中却透出了清澈又寒冷的嘲讽。

"你不是被关起来了吗？"

江予春的疑问让璧海想起了那段漫长的被囚禁的时光。

囚禁他的木楼终日晦暗无光，隐约之间能看到墙上的雕花。在那里，时间失去了意义，只有无边无尽的黑暗。每日每夜都有一个低沉的声音告诉他："你是要成为毁灭之神的。"璧海以这个声音数着岁月的流逝，但他注定是永生的。

在外面的世界是正午时，璧海会在狭窄的木楼里看到极光一样的各色光芒都向他涌来，当这些光芒汇入他时，他感到了前所未有的力量。

就这样过了一千年，璧海终于厌烦了这样单调的生活，于是在极光再一次涌来时，他借着这股力量，敲碎了早已变成石墙的大门。

"璧海，你就这样毁灭了成为毁灭之神的机缘。"那个声音带着不可置疑的震怒说道。

"我的存在即是毁灭。"在木楼前，璧海对那个声音说。呼啸而过的山风吹起他水蓝的衣带。

3

那天的梦里，江予春又看到了那场突如其来的大水，水逐渐没过他的头顶。就在他感到绝望的时候，水又飞速退去。

远方的原野上，站着那个穿着深紫色华服，面容隐去在珠帘之后的少年。他知道，那是百里春宵。百里春宵身边围绕着一群巫师，巫师们围成一个圈，一起念着低沉的咒语。在这样的咒语中，前方的激流变为厚土，高山化作平地。

"谢谢你。"江予春对春宵说。

"一路顺风。"春宵站在一群巫师中间，目光坚定地眺望远方。

第四十二章　旸谷

1

音离向着旸谷一路飞去，天地之间，只剩下了她一个孤寂的灵魂。在人间上空看过了无数错综而相似的聚落后，那座青山，就是旸谷。

音离停在了山顶，望着即将落下的血红的太阳，只感到遥远的太阳离自己如此近。

"是下一任太阳神吧。"山谷中响起一个清亮的声音。

"我不知道。"

"成为太阳神，要经过考验。"名为初景的少女说着，从天而降一块巨大的金黄色丝绸，罩住了整座山。

音离在这样铺天盖地的金黄中缓缓入睡。

在梦境中，她看到了两千多年前的羲和，正穿着金黄和火红色的衣服，驾着那辆御日马车，在几千年前的碧空上留下彩色的云霞。音离看到了她朝气蓬勃的目光，而绝不是金乌画像上的那般高高在上。

那时，人间还只是一个接一个的村落，人们在一个个村落里繁衍生息，就这样过去了很多年。

那时，羲和是整个世界的守护神，守护日出日落，守护春去秋来，守护整个人间的平安。

一切本该这样下去，直到有一天，南方的恶神幽篁侵入了人间。那是那时每个生灵内心深处的恐惧，直至两千年后，音离还不时听到关于幽篁的传说。

传说中，幽篁是一个漆黑的恶神，所到之处，必然百草枯萎，万花凋敝。

在梦境中，音离看见一团黑气侵入了人间，彩色在一瞬间化作了萧瑟的灰白，碧蓝的天空突然电闪雷鸣。天地间刮起了狂风，下起了暴雨。

在一片晦暗之中，突然生出了一片火红——是羲和。

"幽篁，是你吧。"羲和握着长剑，在狂风暴雨中显得美丽而决断。

低沉的嗤笑声突然响彻了整个天地，震得大地动荡。

接着，漆黑和火红开始纠缠，争斗，升华。天地间充满着刀剑声和嗤笑声，整片土地在此间风雨飘摇。

音离觉得这一幕颇为熟悉。一千年前的课堂上，璀然也告诉她羲和曾与南方的恶神幽篁斗争，斗争持续了几天几夜，最后羲和大获全胜，幽篁身死魂消。

就这样，斗争持续了几天几夜，音离只觉得时间无比漫长。

在第十天清晨，幽篁终于倒下了，那团黑气变得稀薄，而羲和也伤痕累累。狂风暴雨停止了，天地间只剩下一片狼藉和死寂。

幽篁最终化作了薄雾，在完全消散之前，他用低沉的声音嘶吼着诅咒："羲和，人们将以你之名作恶，天界将遗忘你，你会……"

还没等他说完，羲和一剑刺穿了他。

在久违的阳光之中，羲和缓缓坠入虞渊。

音离跑到虞渊的边缘，却发现山谷里是一片火海。

2

音离从梦中醒来，发现自己还在旸谷，只是已是深夜。夜幕是紫水晶的颜色，穹顶紧紧地笼罩着大地。

"刚才你所看到的，就是两千年前，羲和所经历的。"初景说。

"为什么会被囚禁在虞渊？"

"那场战争过后，虞渊成了一片火海。当时的昭世君为了平息火焰，用牢笼罩住了整个虞渊，从此羲和没有再出来过。"

"可是，羲和在里面，他也无动于衷吗？"

"在诅咒之下，整个天界都遗忘了羲和。"

第四十三章　夜明

1

"我来蓬山门时，先是遇到了山洪，又是迷了路，然后突然又有大水淹没了整个山谷，然后大水又迅速退去了，后来一路上都是平地，人们都说蓬山门在山上，可是我记得蓬山门前是一片平地。"江予春说。

"说来奇怪，一年前我来蓬山门的路上，路过村口的小溪时，小溪突然变成了一条湍急的河流，我游了很久才游过去，后来平地又变成了高山，我翻了很多座高山才到达这里。"家乡在碧华国北方的北城的沈清尘说。

"我家住在集市旁，记得我来蓬山门时，一路上一直有只野兽追着我，只有我能看见它，别人看不见。"家住东方的林霁雨说。

剑术课上，几个蓬山门弟子趁着顾景行不备，偷偷谈起了来蓬山门时的经历。

"今天晚上，我们溜出去，看看蓬山门外。"林霁雨说。

这个提议很快得到了其他人的赞同，因为蓬山门的生活过于单调。江予春早已厌烦了这样的单调，也觉得这样的生活与他当初的救世之情越来越远。

"江予春、沈清尘、林霁雨，上课聊闲话，罚跑十圈。"顾景行终究注意到了他们，虽是处罚，但他的声调永远不起波澜。

2

那天晚上，趁着月色，江予春悄悄翻过了高耸的院墙。一段时间以来的练习让他不怎么费力地翻了出去，紧跟其后的是沈清尘和林霁雨。

蓬山门的院墙外在夜色中也不明朗，只是隐隐约约能借着月光，看到蓬山门的确是在高山之上，陡峭的山坡上种着竹子，竹子遮天蔽日又歪歪扭扭，月光映照着竹叶，竹叶托起水银般的月光——就像荒凉的乱山冈那样。

江予春一路拨开歪斜的竹子，向山下走去，却突然听到了哭泣的声音，声音似有似无，但却悲凉萧瑟。

"你们听到声音了吗？"沈清尘问。

"那不就是有人哭吗？谁还不会哭？"林霁雨回答道。

"可是这种荒山野岭，不该有人啊。"江予春说。

"可能有人被困住了。"沈清尘说。

他们顺着声音一路下行，那哭声越来越近，也越来越响。

"你是？"终于，江予春看到在歪斜的竹林里，有一个洁白的半透明的身影。

"我是百里夜明，是碧华国真正的王。"那个身影带着巨大的悲伤说。

"可是，在传闻中，他已经死了。"江予春说。

"因为我的弟弟百里春宵害死了我。"百里夜明说。

"难道，传闻都是真的?"江予春想起了关于百里春宵的那些耸人听闻的传闻。

"我本是明君，可是百里春宵篡位，碧华要亡国了!"百里夜明的悲泣突然变成了嘶吼，响彻整个山谷。

3

那天深夜，江予春又梦见了百里春宵。在落着雪的悬崖峭壁之上，他穿着一件漆黑的长衣，迎着凛冽的寒风。

"为什么，为什么你要这样残忍?"江予春问。

"争夺皇位，不是你死就是我活。"春宵不起波澜地说着，拔出了那把隐约带着鲜血的剑。

"为什么要争夺皇位?我只记得'平平淡淡才是真'。"

"是吗?人从来就是身不由己。"春宵望着漫天飞雪，擦去剑上的血迹。

"可是，他是个明君。"

"哪里来的明君，又哪里来的暴君?都是说辞罢了。"春宵说着，用擦干净的剑斩碎漫天的飞雪。

第四十四章　浴火

1

萧禹遥忘不了描绘金乌和朝云战争的那首诗。在那样的语境中，他感到那场战争似乎近在眼前，并深深地嵌入血脉。而他在幼年就已经知晓，他的灵魂将永生永世为那场战争赎罪。

他在蓬山门的后山翻开了那本印着古诗的书。这里寂静无人，只有划痕累累的假山和飘满落叶的流水。

在人们眼里，这个故事不过是远古的历史传说，可他却要为此赎罪。这注定了他无法像其他人那样，或是把这个故事当作理想，或是赞颂他们任何一方的勇敢。

"什么'高城苍茫近玉轮'，碧云台就在平地上。"许思朝的闯入打破了后山的平静。

"你又不是一千年前的人。"

面对萧禹遥的诘问，许思朝只是笑而不语。这样的沉默让萧禹遥感到恐惧从远古的四面八方穿过时间和空间猛然向他袭来。

"人们真是喜欢美化很久以前的故事。"许思朝说。

"今天的人们都不太清楚古老的故事，你又怎么知道有没有美化？"

"战争本为残酷，可是后人传唱的诗歌总有歌颂的意味。"

萧禹遥突然想起了许思朝是谁，他在童年就已经见过许思朝了，可每次想到这里，他的思绪就会被猛然打断，再回到原点。

"要上课了，再不去，就要被罚了。"许思朝又换作一副少年顽皮的模样说。

"你先去吧。"记忆得而复失的感觉让他怅然若失。

"再不去，又要罚跑了。"许思朝说着，飞速向空地跑去。

这又是一节剑术课，这节课上，两两一组，要进行考核。这节课一开始，萧禹遥就看到了心事重重的江予春。

"前几天晚上，我看到百里夜明的灵魂了。"江予春对萧禹遥说。

"在哪里？"

"在蓬山门外的山坡上。"

"你夜里偷偷出去了？"

"是的。"

"这事被知道了又要关禁闭了。"

轮到江予春上场了，对手是沈清尘。可就连沈清尘也没想到，几个回合下来，江予春就全然溃败。

"江予春，进入蓬山门，万不可是你这副模样。"顾景行凝视着江予春说道。

"是。"江予春没有反驳，只是轻声回应。

萧禹遥的对手正是许思朝。顾景行一声令下，他们就开始了争斗。刀光剑影之间，萧禹遥总觉得回到了很久很久以前；而现在，他隐隐地感到，他对抗的不是一个和他年纪相仿的少年，而是历史长河的滚滚波涛。但这样遮天蔽日的浪涛袭来之后，突然又化作平静的溪流。许思朝明显收了自己的实力，最终他们打成了平手。

萧禹遥只看到，最后结束的时候，许思朝依旧是那副无悲无喜的神情。

2

"我在虞渊看到过羲和，只是最后她消逝了。消逝之前，她让我来旸谷，成为下一任太阳神。"音离说。

"你漂泊了很久吧。"初景说。

"一千多年了。"

"可是，你得经过考验。历任太阳神都经历了这样的考验。"初景话音刚落，整个旸谷都笼罩在熊熊烈火之中。

"浴火重生，方能普照凡尘。"初景对着熊熊火焰中的音离说。

第四十五章　下山

1

两年过去了，碧华依旧国运衰微，而百里春宵依旧不理朝政。

那又是个上朝的日子，却因为长时间的纵乐，"上朝"早已丧失了原本的意义。

"陛下，现在碧华全境贫困交加，望陛下重视。"朝堂之上，一位大臣禀报。

"陛下，有贪官污吏贪污了救济粮，望陛下严惩。"

百里春宵坐在朝堂之上，俯视着台阶下的群臣，却把自己与这些禀报分隔开来。他的眼前只有一片赤红、金黄、漆黑，可如今无论是赤红还是金黄，都沾染着漆黑，色彩已经开始腐烂了。

在浑浑噩噩地听了群臣的各种禀报后，春宵以沉重的语调对高台之下的群臣发令："散朝！"

望着群臣离去的背影，春宵想起已经很久没有上朝了。

2

这时候，与江予春同一批进入蓬山门的弟子也获得了下山铲奸除恶的许可。蓬山门里流传着各类行侠仗义的故事，最广为流传的故事是林霁雨消灭了某个小山村的村霸。没有太多人确定这个故事的真假，但故事流传之后，再也没有人找到林霁雨。蓬山门弟子间又开始传说林霁雨为了躲避追捕，隐姓埋名，行侠仗义。

那天在山下的集市上，萧禹遥抓住了一个被村民们指认为惯偷的人。他十五六岁，却带着沧桑，手里还紧紧地抓着几个从邻居田里偷来的橘子。

"还不承认你偷了！"

"我没有偷！"

"你拿着的是什么？"

"是我自己在野外摘的！"

"你这小崽子别说谎了，就是从我家院子里偷的！"邻居一眼就认出了他。

"还不快还回去！"

"这都是惯偷了，小小年纪不学好！"另一位村民大喊道。

越来越多的人围了过来，那少年只能交出偷的几个橘子。村民们在骂骂咧咧后四散而去。

"为什么要偷？"萧禹遥问。

"因为我要活下去，可你这样的名门正派永远都不会懂吧。"人群散去后，那少年的目光如深夜中出没深林的兽一般，直勾勾地瞪着萧禹遥。

"你父母呢？"江予春神情柔和地问。

"都饿死了。"那少年哭着说。

"你可以加入我们蓬山门。"萧禹遥说。

"不，我永远都不要加入你们这些只会说空话的门派！"那少年猛地推了一把萧禹遥，跑得无影无踪。

望着他飞奔而去的背影，江予春只觉得心一下被掏空了。

3

在碧华早已荒凉的夜晚，皇宫的大殿中依旧歌舞升平。乐声从一开始的悲歌已经变成了巨大的悲泣。国师看着这样的歌舞升平，只是默默哀叹。

"陛下，碧华全境已经贫困交加，贪官污吏横行。请陛下严查！"一名大臣闯入了大殿，几乎是带着哀求说。

"私闯宴会，该当何罪？"春宵猛地把权杖扔到地上。

玉制的权杖在地上碎裂，整个宴会的乐曲戛然而止，只剩下一片死寂。

"拖出去斩了！"春宵冷冷地说。

几名护卫拉起大臣的手臂，把他拖了出去。宴会的乐曲声重又响起。

"亡国之君，亡国之兆！"那位大臣在最后的时刻还在大喊着。

第四十六章　水月

1

那年，山下往东五百里的村庄正受匪乱之困，江予春代表蓬山门下山除匪。

下山的时候正是夜晚，江予春又穿过那片歪歪扭扭的竹林。他又想起了两年前曾在这里见过百里夜明悲泣的灵魂。

"江予春。"那个悲泣着的声音又在萧瑟的月光下回魂了。

"是谁？"江予春问。

"别回头看。"许思朝说。

"那是灵魂。"萧禹遥说。

"碧华现在民不聊生，可我无能为力。"那个声音说。

"放下执念吧。"许思朝说道。

"碧华国一片萧瑟，我又怎能安眠！"在夜晚的狂风中，这样的悲泣显得更为凄凉。

江予春看到，许思朝无悲无喜的脸上，隐隐约约浮现出肃然起敬的神情。

"蓬山门的弟子啊，下山去除匪吧！"百里夜明在风中呼啸道。

"走吧。"沈清尘拽了拽江予春的衣角。

于是他们下了山，但百里夜明的身影在江予春脑海中挥之不去。

小村庄在月光的照耀下，显得更加冷清，就像蜷缩在角落哭泣的孩子那样。村长是个老爷爷，站在村口，一看到他们来了，连忙说："幸会幸会，你们可终于来了。"

"山匪今晚是否已经来过？"许思朝问。

"今晚还没来，但他们一定会来的。"村长叹着气说。

"昨天晚上他们把我家的几头猪全给抢走了。"

"我刚织好的衣服也被山匪抢走了。"

"我家大女儿还被山匪打伤了。"

就这样，村民们你一言我一语诉说着山匪带来的苦痛。

这时，远方突然传来了杂乱无章的马蹄声，震碎了寂静的夜。

"他们又来了！"一听到这样的声音，村长就知道那群山匪又来了。

村庄顿时间又乱成一团，村民们向家中奔去。

"大家别害怕，我们会保卫村庄的平安。"江予春说。

山匪们很快到达了村庄。他们的马踏破了村口的栅栏，在村庄里横冲直撞。萧禹遥一把跨上山匪头目骑的那匹马，把头目狠狠地压下了马。其他的山匪也猛地压住萧禹遥。山匪人数众多，萧禹遥纵使勇猛，也敌不过这么多剽悍之人。

可接下来山匪们却突然向四周飞去。只见许思朝在打飞他们后，缓缓扶起萧禹遥。

剩下的山匪们冲向村民的房屋，江予春和沈清尘与他们打斗起来。

最后这场争斗以蓬山门的胜利告终，而山匪死的死，伤的伤。

"为什么要抢夺村民财产？现在乱世之时，谁都不好过！"江予春问领头的山匪。他虽然受了伤，可却依旧怒目圆睁。

"读书读傻了吧！"那山匪头目嘲笑道。

"正是因为读书才会明理。"沈清尘说。

"不抢，我们怎么生活？"山匪冷笑了一声。

"这村里的居民也被你所害，他们也不宽裕，是不是也可以为了生活抢你？"许思朝说着，扒下了山匪的衣服。

山匪抬起手想攻击许思朝，许思朝却轻而易举地把他摔翻。

而江予春只觉得心像被击中了一样，如冬风中的风铃般摇晃不停。

2

那天晚上，江予春很晚才入睡。梦中，他穿过一道四面八方都围绕着霓虹般极光的长廊，但背景却晦暗无光。他向闪着微小却耀眼的光芒的尽头走去，两年前千里迢迢赶到碧罗村里的饥民又在此重生了。江予春又看到了他们闪着泪光的眼睛，那是他来蓬山门的起因。走着走着，他看到了来蓬山门路上那场生于平地的大水，看着它涨起又消退。接着，他听到晦暗中响起了一个温情而缥缈的声音："长愿复生不相见，来年南野望春山。"那是进入蓬山门的第一节课上顾景行教的那首诗的最后一句。那个声音不断念着这句话。接着，他又看到那个少年，对着他大喊道："不，我永远都不要加入你们这些只会说空话的门派！"他继续走下去，却看到了竹林之中，傲然挺立着百里夜明的灵魂。他的灵魂透明而苍白，对着一轮明月悲泣道："碧华国一片萧瑟，我又怎能安眠！"

长廊的尽头上，是百里春宵。他在高高的王座之上，俯视着地上的一切，眼里满是睥睨。

"陛下，这就是你要的碧华吗?"江予春仰起头，看着王座上高高昂着头的百里春宵。

"与我何干?"春宵轻轻撩了撩挡在眼前的头发，并不去看高台下的悲苦。

"那么陛下，你杀死兄长，又不理朝政，是为了什么?"

"为了当上碧华的王。"

"为什么要做王? 你还是把王位还给被你害死的百里夜明吧。"江予春只感到无奈的愤怒，他冲上高堂，径直冲到了百里春宵面前质问。

"你太天真了，朝廷可不是良善之地。"春宵这才略微低头，似笑非笑地说。

"陛下，你看看这个世间吧，不要再流连于欢娱。我知道，向你进谏的臣民向来有去无回，但是今天我一定要进谏。如果我的死能换来整个碧华的生……"

"君子之交不以君臣相称。"春宵说着，平静得如同深山里一汪不起波澜的潭水。

"君子? 陛下你是君子? 碧华现在的萧条唤不醒你宴会上的美梦吗? 你的兄弟都被你所害，你是君子吗?"江予春几乎是哭着说。虚幻的梦境给了他真实的勇气，在这样的梦境中，他对着一个在传说中令人望而生畏的国主，直言不讳，一往无前。

百里春宵依旧坐在王座之上，面对江予春的直谏，却没有一丝怒色。

直谏过后，江予春低下头，像无数个臣民那样，回避着国主的目光。

"陛下，我的直谏结束了，也可以赴死了。"

"谁要处死你? 一千年前，只有你是我的朋友。"

"一千年前？那时候还没有我。"

"人有前世今生。一千年前，我被整个金乌追杀，而你与我交好，在我的武力威逼下与我交好。你的父亲是个恶鬼，你的父亲让你的朋友杀了我全家。"

"然后呢？"

"最后我被处死了，灵魂在你父亲的诅咒下坠入万魔窟，然后你每个月都会来埋葬我的荒丘，帮我念咒逃脱万魔窟。然后你父亲死了，你当上了祭司，在盈日大典上，你刺杀了国王后自尽，终结了祭祀制度。流昭罚你去地府，而我逃离了万魔窟，带着你一起来了人间。"百里春宵说着，一滴泪从眼角滑下。

"为什么要感谢我？如果你想感谢我的话，就去爱碧华国的苍生吧！"

"因为你的咒语，我才得以从万魔窟里逃出，在那晦暗、充满厮杀的年月里，你的咒语给了我强大的力量脱离那里。人们只知道，灵魂坠入万魔窟会永远在那里受着煎熬；可是他们不知道，一旦逃出那里，就会变得战无不胜。如今，每一天我都为你祈求神明，祈求他们满足你的心愿。至于这个世界，根本不值得凝视。"百里春宵眺望着远方，似乎在凭吊什么。

"可我的心愿是碧华再无疾苦，看看你王座之下的人间疾苦吧。"江予春几乎是哭着说。

他的哭声震碎了梦境，整个梦境像被打破的镜子那样落在地上，掷地有声。

第四十七章　瑶台

1

江予春醒得很早。面对着太阳还未升起的夜晚，他对着明月，泪从眼角滴落。

"怎么了?"萧禹遥被江予春惊醒。

"你说，是不是世界上人人都很无辜?"江予春问。

"来蓬山门这么久，你都不明白吗? 世界上有坏人，我们就要铲除他们。"萧禹遥义正词严地回答道。

"可是，好像人人都有理由。"

"坏人当然会为自己找理由。"

江予春看萧禹遥一本正经的样子，点了点头。可当萧禹遥再次睡下时，江予春又感到怅然若失——梦中的百里春宵希望他岁岁平安，可他的心愿却偏偏是天下太平，但百里春宵却昏庸且残暴，一切离应有的"完满"太远了。

他望着一轮明月，一路走到了平日上课的教室。教室里空空荡荡，全无白日时的生机。他点起了蜡烛。蜡烛微弱的光在微风中摇曳，似乎在与黑夜推推搡搡。

他坐上了自己上课时的座位，趁着微弱的烛光，在纸上写下："蓬山门弟子江予春将行侠仗义，永不回头，切勿挂念。"

江予春吹灭了蜡烛，翻过后墙，顺着山坡，再次路过那片竹林。因为夜晚有风，竹林更加歪斜了。

"予春，你来了。"百里夜明的灵魂依旧在竹林里消散不去。

"嗯。"

"又是下山剿匪？"

"我想行侠仗义。"

"百里春宵不理朝政，残害忠良，碧华国一片萧瑟。"

"百里春宵现在在哪？"

"在瑶台宫中。"

"瑶台宫在哪？"

百里夜明一挥衣袖，一只透明的白色的大鸟从天而降。

"这也是魂魄吧。"江予春看到大鸟羽翼丰满，在夜里发着洁白的光芒，照亮了晦暗的竹林。

"是凤凰的魂魄。它会带你去瑶台宫。"

江予春跨上了大鸟，向空中飞去，如风一般消逝在黑夜里。

2

第二天早晨，萧禹遥来到了教室，却发现江予春的座位上空无一人，只有一张纸条，上面写着："蓬山门弟子江予春将行侠仗义，永不回头，切勿挂念。"

萧禹遥心头一震，冥冥中感到会有巨大的不祥在一瞬间袭来，打得所有人猝不及防。

"沈清尘，江予春呢?"萧禹遥问和江予春年龄相仿的沈清尘。

"应该过一会儿就来了。"沈清尘回答道。

"你什么都不知道吗?"萧禹遥对这样的不紧不慢十分恼火，把纸条直接扔到了沈清尘身上。

沈清尘看到那张纸条，依旧不紧不慢："别生气嘛，行侠仗义是一件好事。"

"江予春呢?"许思朝突然闯进来，焦躁地问。

沈清尘把那张纸条递给了许思朝。许思朝看到纸条，却因震惊而拿不稳纸条。纸条直接掉在了地上。

"江予春有危险了。"许思朝说。

"什么?"沈清尘这才意识到了事出反常。

"昨晚我梦到了江予春，梦见他去了瑶台宫，向国主进谏却被杀死。"许思朝说。

"这一定不是真的。"沈清尘说。

"这是真的，我确定这是真的。"许思朝焦急地说。

"山下有个驿站，我们在路上拦下他。"萧禹遥说。

3

凤凰从黑夜飞到白天，江予春在空中看到了无数个城市、村落、集市，可是农田早已枯萎，路上满是流离失所的人们。大地之上，满是萧瑟。

终于，凤凰飞到了瑶台宫，径直越过卫兵冲进了大殿。大殿之中，依旧是一片欢歌，而百里春宵就坐在王座之上，似乎与宫外的萧瑟隔绝。

"陛下，请原谅我的贸然闯入。"江予春从凤凰身上下来，半跪向百里春宵说。

百里春宵看到江予春，只觉得久远的苦痛再次涌上心头，遥远的记忆也再次拜访。有一瞬间，他感到自己重新回到了没有时间的黑暗的牢笼中，可是江予春坚定的眼神又将他拉了回来。

"私闯国宴，该当何罪？"百里春宵依旧摆出国主的姿态宣誓王的威严。

"陛下，现在碧华民生凋敝，望陛下能以天下为重。"

"天下？天下与我何干？"

"陛下，天下百姓安居乐业，您也会喜乐幸福。"

"如果，我就喜欢人间疾苦呢？大胆刁民，一介草民也敢私闯国宴，真是活厌了。"百里春宵冷笑着说，权威被触怒的愤怒盖过了之前的温存。

"陛下，如果人民安居乐业，对您来说，不是一件好事吗？千秋万代都会传颂您的功德。"

"功德与否，都是人们自以为是地认为而已。"

"陛下，请你，一定要清醒啊。"江予春想起了之前见到的满街饥民，忍不住冲上了高台。

百里春宵毫不思索地拔出短剑，以光一般毫不迟疑的速度刺在江予春的胸口。他的血喷溅出来，不偏不倚地溅到春宵腰间的玉佩上。

久远的记忆在这一刻如潮水一般迅猛而清晰地涌来。百里春宵想起了一千年前，自己被奴役，被追杀，被处死，坠入万魔窟，而这个人一路上扶持自己，念咒语帮自己脱离那个黑暗的巢穴，最终他背负了家族的罪，以自己的死终结了祭祀制度，而自己脱离万魔窟后，救起了他将要被发配往地府的灵魂，一起冲撞轮回道。

百里春宵看到血色在江予春脸上迅速褪去，只剩下一片苍白。百里春宵时常会想起有个人在明月之下为他念咒语，让他脱离黑暗。成为碧华的国主后，他去灵府山是为了那个不知晓姓名的人，召集巫师一起做法也是为了那个不知晓姓名的人，可偏偏事与愿违，在盛大的国宴上，他亲手杀了那个不知晓姓名的人，而记忆偏偏在这一刻涌来。

"许景，快去叫大夫。"百里春宵对许景说。

"是，陛下。"

"对不起。"百里春宵说着，却感到高台之上无比寒冷。

"陛下，这没救了。"大夫看了一眼江予春，叹着气说道。

"陛下，我的心愿是碧华国国泰民安，再无疾苦。"江予春睁开眼睛，用尽最后的力气说，然后永远地闭上了眼睛。

"大夫，救他吧。"百里春宵说。

"人死不能复生。"大夫只是叹着气说。

大殿中的舞者停止了舞蹈，乐曲也戛然而止。虽然高朋满座，但百里春宵却感到世界在这一刻无限扩大，荒芜在一瞬间占领了整个世界，广阔天地间只剩下他一个人。

4

"现在江予春应该还没到皇宫。"萧禹遥骑在马上，奋力地鞭打着马。

"这马还是太慢了，我怕时间来不及。"沈清尘说。

"我们一定要拦下他。"许思朝说。

"祝你们好运。"璧海化成一个路人，在路旁对他们说。

马突然跑得飞快，快过那只凤凰，他们很快到达了瑶台宫附近一百里。

"你们要去哪里？"一个士兵突然出现在他们面前。

"我们就是过路的。"沈清尘说。

"这种时候你们过路？干什么的？"一群士兵围了上来。

"我们就是回家探亲。"萧禹遥说。

"探什么亲？亲戚在哪？"一个士兵问道。

"亲戚洛河人士。"许思朝不紧不慢地回答道。

"你们和他们废什么话，杀了得了，省事。"领头的士兵说。

一群士兵拿着武器向他们冲去，本以为可以迅速解决他们，可哪知许思朝一个人能敌过他们一群人，他们很快败下阵来。

可当他回头却看到萧禹遥胸口中了一剑，而他脖子上的吊坠也碎成了两半。被打断的记忆突然回来了。许思朝突然想起了千年前的碧云台战场上，他就是离桢，是自己找了一千多年的人。他们曾在战场上厮杀，他也曾被罚入地府。在他转世为萧禹遥后，自己找到了他，本要弱冠之年复仇，可是却共入蓬山门，成了同门。本都想得明明白白，可总是天意弄人。

萧禹遥也认出了许思朝，他就是自己童年就见过的那个活了一千年的海盏。他气势汹汹地说要在自己弱冠之年杀了自己，可转眼弱冠之年都过了两年，而自己就要在他面前死去。

"许思朝，我都想起来了，来复仇吧。"萧禹遥对许思朝说。

许思朝只是愣在那里，眼里似乎有泪光。

"要是没有那场战争就好了。"萧禹遥说。

萧禹遥死后，许思朝只是默默流泪。

第四十八章　春山

1

　　"江予春，因冲撞轮回道而投生碧华。"昭世殿中，流昭一笔一画地在生死册上写着。

　　"您是我父亲经常提起的流昭吗？"

　　"在你的出生宴上，我提醒过你父亲，让你远离官场，可偏偏造化弄人。"流昭垂目看着江予春，语气不知是悲是喜。

　　流昭身后的门突然被推开了，江予春认出了那是萧禹遥，而这样的相遇悄无声息地昭示着世事无常。

　　"你怎么也来了？"江予春问。

　　"还不是为了你！"

　　"对不起，我没想到。"

　　"可没想到你也……"

　　偌大的昭世殿里，他们相拥而泣。流昭凝望着他们，无悲无喜。

2

"陛下，明天早上的宴会已经准备完毕。"许景半跪下来对百里春宵说。

"不用了。"百里春宵淡淡地说。

"陛下，舞者和乐师已经准备完毕。"

"我说了不用了。"

"陛下，那明早是？"

"明日上朝。"

"是。"

许景退下了，庭院中又只剩下了春宵一个人。春宵望着一轮明月，想起了一千多年前的夜晚，朝玄也曾望着这一轮明月，在荒丘为自己哭泣，在风中为自己念咒语。可转眼一千年都过去了，又是个悲伤的结局。

突然间，他看到黑色的烟雾从自己的胸口冒出，又在晚风中烟消云散。他知道，那是万魔窟中的三千恶灵此刻离开了他。

3

萧禹遥的墓坐落在蓬山门南面的山下。那天下着小雨，沈清尘和许思朝冒着这样的小雨下了山。

小雨在忽然之间变成了大雨，铺天盖地，倾盆而下，就像要摧毁人间的一切那样。

他们来到萧禹遥的墓前。沈清尘放了一朵百合花，在暴雨之下，百合花的花瓣被打散，化作散落的洁白。

"雨太大了，去避避雨吧。"许思朝说。

待到沈清尘走到远处那棵树下，许思朝俯下身来说："是啊，如果没有那场战争就好了。"

就这样，泪水和雨水一起落在土地之上。人们总是喜欢美化古老的战争，因为真实的伤痛和记忆早已散去，有的只是人们在平和中借景抒情的感叹。

"长愿来生重相见，碧水繁花度春山。"许思朝冒着大雨，在萧禹遥的墓上刻上这句诗。只是，一切都无可回头地烟消云散了。

"人间真是有意思呢。"璧海在远处看着这一幕，讪笑着说。

4

"江予春、萧禹遥，轮回道在这里，请进吧。"流昭说。

"我们会去哪？"江予春问。

"人各有命。"

"可是你不是掌管轮回的神吗？"江予春问。

"一切有规则，我执行规则。"

江予春和萧禹遥走进了轮回道。萧禹遥回头却看到流昭在目送着他们。

"一路顺风。"流昭对他们说。

第四十九章　蓬山

1

人间又是三年过去了。碧华国熬过了饥荒，成了丰饶的国度，而百里春宵也从昏君变成了明君。

一切似乎都欣欣向荣。

那日，太阳升起的旸谷发出了火焰一般的光芒。初景看到这样的光芒，知道新的太阳神已度过了烈火的烧灼，在这里涅槃重生。只见光越来越火红，照耀的地方越来越广。从赤红的光芒中，飞出了一个穿着火红与金色相间衣服、身后长着烈火一般凤凰的翅膀的女子。

"恭贺太阳神音离降临。"初景这样祝贺道。

音离看着耀眼的太阳，一千年前，她因它而死，今天，她在越过了烈火之后，她因它而生。

"初景，世间可有变化？"

"碧华的饥荒已经过去了。"初景望了一眼山下，微微一笑。

那日音离驾着御日马车，望着天野之下的人间，满是碧绿的生机，从今天起，她要守护这个世界了。

然而，南方的幽篁在这一刻又重现了。天地间突然失去了色彩，阴云密布，刮起了狂风，整个人间在风雨之中飘摇。

"幽篁，是你吗?"这样的场景让音离想起了两千年前的那场斗争。

幽篁开始大笑起来，低沉的声音震得整个大地摇摇晃晃。

音离拔出剑与他争斗，就像两千年前的羲和那样。可是幽篁回魂后，变得更加强盛，更加凶猛了。

战斗持续了十几天，其间大雨倾盆，狂风乱作，大地震颤。

战斗在第十五天停止，以音离的胜利告终。

雨水止息，大风停止，新生的阳光下，大地一片狼藉。

2

那时的沈清尘，退出江湖已经两年多。他在蓬山门所在的那座山西面的小山村里定居，生活平静安宁。

在那场战斗结束后，望着一片狼藉的大地，他突然想起了不远处的蓬山门，想起了自己行侠仗义的青春。

他穿过堆积着枯枝败叶的乡间小道，穿过小村的人潮，独自顺着崎岖的山路从南坡登上山，那片竹林依然立在山间，只是总觉得不见往日风景，也不见百里夜明的悲泣。

迎着新生的阳光，他踏过一片片零落的树叶登上了山。这一路，他感到山路和时光都变得无限长，似乎从山脚到山顶，人间已经过去了一百年。

他登上了山，却觉得山顶无比空旷，空空荡荡得像失了魂一般。他来到蓬山门所在的地方，却发现那里已经成为平地，上课的几间平房、练武的空地、闲谈的后山都消失得无影无踪，就像从来没有存在过。只有一地枯萎的落叶，山风吹过，它们在空中飘飞。

他继续往前走去，发现了一块石碑。石碑缺了一角，布满了灰尘，但却傲然挺立于山巅。沈清尘缓缓擦去上面的灰尘，石碑上赫然刻着几个字：

"事了拂衣去，深藏功与名。"

清晨的阳光穿过枝叶洒落在山林之间。